柴田元幸翻訳叢書

ブリティッシュ&アイリッシュ・マスターピース

BRITISH AND IRISH MASTERPIECES

Selected and translated by
Shibata Motoyuki

スイッチ・パブリッシング

柴田元幸翻訳叢書 — British & Irish Masterpieces — 目次

Cover art, *Millworkers* by Laurence Stephen Lowry, 1948

提供：Artothek / アフロ

ブックデザイン　鳩貝工作室

BRITISH AND IRISH MASTERPIECES

Selected and translated by
Shibata Motoyuki

柴田元幸翻訳叢書

ブリティッシュ&アイリッシュ・マスターピース

アイルランド貧民の子が両親や国の重荷となるを防ぎ、公共の益となるためのささやかな提案

A Modest Proposal: For Preventing the Children of poor People in Ireland, from being a Burden to their Parents or Country; and for making them beneficial to the Publick

（1729）

ジョナサン・スウィフト

Jonathan Swift

この大都市を歩く者、また地方を旅する者にとって、町中《なか》、街道、人家の軒先などに女の物乞いが群がり、いずれも襤褸《ぼろ》に身を包んだ三人、四人、六人の子供を従え、通りがかる人みなに施しを乞う姿は、何とも気の滅入る眺めと言わねばならない。これらの母親は、まっとうな手段で生活の糧を得ることも叶わず、朝から晩まで、無力な幼な児を養うべく家から家を物乞いして回ることを余儀なくされている。そしてこれら幼な児は、大きくなったとて、職がないゆえに泥棒となるか、祖国を去ってスペインへ赴き王位僭称者に与《くみ》して戦うか、もしくはバルバドスに身売りするしか道はない。

これら膨大な数の、母親に、または往々にして父親に抱かれた、もしくは背負われた、あるいはそのうしろにくっついた子供たちが、この国の嘆かわしい現況にあって更なる大きな悲嘆の種となっていることは、万人の認めるところであろう。したがって、この子等を国家の健全にして有用な構成員になしうるような、公平、安価、容易な方法を考案した者は、社会から広く感謝され、国の救世主として銅像のひとつも建てられて然るべきであろう。

しかし小生の意図は、本職の物乞いの子等の支援に限定したものでは毛頭なく、もっとずっと広範に、ある一定の年齢の子を養う力を持たぬことにおいては街で慈善を求める親たちと変わらぬ者を父母とする、すべての幼児を取り込まんとするものに他ならない。

これまで小生は、この重要な問題を長年熟考し、他人の提唱するさまざまな計画を慎重に比較検討してきたが、結局どの案も、その計算において甚だしい誤りを犯していると見なさざるをえなかった。母の腹から生まれ落ちたばかりの子供は、以後一年にわたって、もっぱら母乳のみで育てることが可能であろう。それ以外はほとんど何の栄養も要らず、せいぜい値にして二シリング、いかなる母親にも入手可能な額で、あるいは歴《れっき》とした職業たる物乞いによって手に入る残り飯で、十分補えるであろう。そして、正にこの一年が終わった時点に関して、小生は彼らを扶《たす》ける案を提示せんと考えるのである。これを実行するなら、子供たちは両親や教会区の負担にもならず、生涯にわたって衣食に事欠くといった事態も解消され、逆に何千もの人々の胃を満たし、部分的には衣料も提供するという貢献をなしうるのである。

また小生の計画には、もうひとつ大きな、妊娠中絶や、母親による私生児の間引きといったおぞましい慣習を防げるという利点もある。痛ましくもこの国であまりにも頻繁に行なわれ、罪なき赤児を犠牲にしている、どれほど野蛮で非道な者の胸にも涙と憐憫の情を引き起こすであろうこうした慣わしは、恥辱よりもむしろ出費を避けるために実践されていると思うのである。

この国の人口は通常一五〇万とみなされており、このうち、妻が子を産みうる夫婦はおよそ二十万いると仮定しよう。ここから、自力で子を養いうる夫婦の数として三万を引く（国の苦しい現状に鑑みて、そこまで多くはない気もするが、ひとまずこの数にしておく）。残りは十七万。さらに、流産や一年以内の事故死・病死の件数として五万を引けば、貧しい両親の下に毎年生まれる子供の数は十二万で収まる。したがって問題は、この十二万という数をいかにして扶け、養うかであり、すでに述べたとおり、現今の状況にあって、これまで提唱されてきたいかなる方法によってもこれはおよそ不可能である。地方では住宅も建てられず土地も耕されず、彼らを手仕事や農業に起用することも適わない。よほど才気に恵まれぬ限り、六歳に達するまでは盗みによって生計を得られる者もごく少数であり、たしかに基本はずいぶんと早くから身につけるものの、当初はやはり、カヴァン郡の重鎮たる紳士に聞いたところでは、見習い以上ではないという。この生業《なりわい》の練達の度合においてどの地方より先を行っているという定評のカヴァン郡にあってすら、六歳以下の泥棒の実例となるとこの御仁《ごじん》にも一、二しか覚えがないそうである。

商人たちに訊いてみると、十二歳以下では男女ともおよそ売り物にならず、十二に達しても相場は三ポンド、せいぜい三ポンド半クラウンだという。これでは両親にとっても国にとっても利益とはなりえない。食費と襤褸着だけでも、最低その四倍はかかるのだから。

ゆえにここで、私案を述べさせていただこう。この案であれば、いかなる反対も招きはせぬものと考える。

小生の知人で、ロンドンに住む非常な物知りのアメリカ人が請けあったところによると、健康な子供は、十分乳を与えられていれば、一歳時にはこの上なく美味で、栄養も豊富、体によい食材であって、煮る、焙《あぶ》る、焼く、茹でる等いかようにも料理できるといい、小生個人としては蒸焼《フリカッセ》、煮込《ラグー》も等しく有望と信じる。

そこで、ここにおいて提示申し上げる案を、読者諸兄にご検討いただければと思う。まず、すでに計算した十二万の子供のなかで、二万は繁殖に供すべく残す。うち男はその五分の一とする（これでも羊、肉牛、豚よりは多い数である）。野蛮な者たちは結婚という制度をさして重んじておらず、これらの子供が結婚の所産であることは稀であり、したがって男一人いれば女四人に仕えるに十分であろう。そして残った十万人を、一歳になった時点で、国中の、地位も資産もある方々に向けて売りに出すのである。その際、母親にはつねに、最後の一か月はたっぷり乳を与え、上等の食卓に載せるべくぽっちゃり太らせておくよう促す。子供一体あれば、知人を招いての会食なら料理が二品出来る。家族のみの食事であれば、頭や尻の四分の一でまっとうな一品となろうし、若干の塩か胡椒で味付けて茹でれば（特に冬は）四日目でも十分美味であろう。

小生の見積もったところ、生まれ立ての子供の体重は平均十二ポンド〔約五キロ半〕、これが一年経つと、然るべく授乳されていれば二十八ポンドに増す。

惜しむらく、この食料はやや高価ではあろう。したがって地主階級が食すに最適なものとなるであろう。彼らはすでに子供の両親の大半を食い物にしているのであり、子供たちを我が物にする権利を誰にも増して有していると思われるのである。

幼児の肉は一年を通じて旬であろうが、量としては三月とその前後が一番出回ると思われる。権威ある著名フランス人医師によると、魚は多産を助ける食物であり、したがってローマ＝カトリック教国にあっては、大斎節《レント》の九か月後は他の季節より出産が増える（大斎節の断食中も魚は食べてよい）。この国でも旧教徒系の幼児の数は全体の少なくとも四分の三を占めているから、大斎節の一年後には市場供給も豊かとなるであろう。したがってこの方法により、わが国のカトリック人口を減らすという副次的効果も生じるはずである。

物乞いの幼児一人を養う費用は、襤褸着を含めて年二シリングとすでに算出した（ここでいう「物乞い」には、すべての小作農と肉体労働者、および自作農の五分の四を含めている）。紳士階級であれば、たっぷり肥えた子供一体に十シリング出すのを惜しむ者はいまい。先に述べたとおり、一体あれば、食事を共にするのが特別な友人一人、もしくは自分の家族のみなら、上等で栄養豊富な料理が四品は作れるのだから。これにより、郷士《ごうし》はよき地主たるすべを身につけ、小作人たちのあいだでも人望が増し、一方母親は八シリングの純益を得て、次の子を産むまで元気に仕事に励めるであろう。

倹約を心がける方は（それが要求される時世でもあろうし）、皮を剝いでもよい。巧みに仕上げれば、上等の婦人用手袋や紳士用夏物ブーツとなるであろう。

我等が街ダブリンに関しては、適当な諸地区に屠場を設置すればよく、その職人にも事欠かぬであろうが、個人的にはむしろ、生きたまま購入し、豚の焙焼きと同じく、屠《ほふ》り立てを料理することを勧めたい。

高潔にして、心から祖国を愛する、小生としてもその人格を敬ってやまぬ方が、最近この問題を論じられ、拙案に対する改良案を提示された。すなわち、近年この国の紳士階級の多くが鹿を狩り尽くしてしまったいま、この肉不足を、十二歳以上、十四歳未満の男女の体をもって充てればよい、とこの方は唱えられる。どの地方でも、この年齢層の実に多くが、職も奉公先もないために餓死せんとしているから、彼らを、生きていれば両親が、そうでなければ近親が処理すればよいというのである。しかし、個人的にも大切な友人である、かくも立派な愛国者たる人物を敬う思いは誰より強いものの、小生、この意見に全面的には賛同しかねる。まず男については、件《くだん》のアメリカの知人が豊富な体験に基づいて語ったところによれば、わが国の学校の生徒のごとくつねに運動しているせいで肉は概して硬くて脂に乏しく、味も悪く、かりに太らせても割が合わないという。他方女については、私見を言わせてもらえば、社会にとって損失となると小生は考える。なぜなら彼女らは、じきに自ら子供を産む身となるからである。またこのような方法に対し、口やかましい人々から、いささか残酷にすぎるのではないかという（明らかにきわめて不当ではあれ）非難が寄せられることも想定される。白状すれば、小生自身これまで、いかに善意に基づく計画であれ、それに対し異議を唱える場合、最大の根拠はつねに、残酷だという点だったのである。

　我が友の擁護のために付言しておくが、この方便を彼の頭に植えつけたのが、台湾島の出で二十年以上前にロンドンに渡ってきた、かの有名なサルマナザールであることを友人は打ちあけた〔サルマナザールはフランスのインチキ文人で、台湾人と称してロンドンに渡り多くの人をだました〕。この人物が我が友に会った際に語ったところによれば、かの国では、若い人間が死刑に処された場合、死刑執行人はかならず、死体を上等の珍味として高貴な人々に売却する。彼が台湾で暮らした時期にも、帝《みかど》の毒殺を企てた罪で磔《はりつけ》の刑に処された十五歳の丸々肥えた娘の体が、晒し柱から下ろされて大切りにされ、帝国総理をはじめとする宮廷の要人たちに四百クラウンの値で売られたという。実際、この街にはびこる、よく肥えた、自らは一グロートも持たぬくせにどこへ行くにも椅子籠を使い、決してその勘定を払わぬであろう外国製の美服を着て劇場や社交の場に出没する若い娘たちを同様に遇したとしても、国家は何の損失も被らないであろうことを小生も否定するつもりはない。

物事を暗く考えたがる人のなかには、老齢、病気、不具を抱えた膨大な数の貧民についてひどく心配する向きもある。小生の許に、こうした実に嘆かわしい厄介物を国家としてどう処すべきかご考察願いたいといった要請が寄せられたりもする。だがこの点に関しては、小生少しも心を痛めていない。なぜなら、誰もが知るとおり、そういった連中は日々、寒さと飢え、不潔さ、害虫等によって、まっとうに期待しうる迅速さで次々と死に、朽ちているからである。そしてもっと年少の労働者にしても、ほぼ等しく望ましい状況にあると言ってよい。彼らは職を得られず、ゆえに栄養不足でやつれ衰えており、たまたま半端仕事にありついたところで、それを遂行するだけの力も残っていない。こうして、国と彼ら双方にとって幸いなことに、今後訪れるであろう悪しき事態から彼らは解放されるのである。

いささか脱線が過ぎた。本題に戻ることにしよう。小生の提案から生じる利点は明白にして多岐にわたり、かつこの上なく重要だと考える。

一、すでに述べたとおり、これによって旧教徒の数は大幅に減少するであろう。わが国は年々旧教徒があふれ、国の主要な人口増加源、かつ我々にとって最も危険な敵となっている。国を王位僭称者に引き渡さんと目論んで、彼らはこの地に居座っている。反面、実に多くの善良なる新教徒が、この地にとどまり己の良心に反して国教会牧師に十分の一税を払うよりはと、国を去ることを選んでいる。彼らの不在に旧教徒はつけ込まんとしているのである。

二、貧しい小作人も、これによって価値ある資産を所有することとなり、法律によってこれを差し押さえに回し、地主に払う地代の一部にできるようになる――穀物も家畜もすでに押収され、金銭に至ってはお目にかかったことすらないのだから。

三、十万の子供を一歳以降も養いつづけるとすれば、毎年一人あたり最低十シリングはかかるはずであるのに対して、この案によって国家の資産は毎年五万ポンド分増加し、かつ国中の洗練された趣味を持つ裕福な紳士の食卓に目新しい料理がもたらされるという効果もある。商品は材料も製造も純国産であるから、金はもっぱら国内を流通することになる。

四、つねに子を産む者たちは、子供の売却によって毎年英貨八シリングの益を得、加えて一年後以降は子を養う費用も要らなくなる。

五、この食物によって酒場の顧客も増大するであろう。酒場の経営者たちはこれを完璧に料理するレシピを抜け目なく入手し、その結果、食通をもって自認するだけの見識を有する紳士たちが店に足繁く通うことになろう。客を喜ばせるコツを心得た腕利きの料理人は、極力高価な料理の創案に努めるであろう。

六、結婚も大いに促進されることになろう。これまでどの賢明なる国でも、報酬によって結婚を奨励したり、法律や罰則を用いて強制したりしてきたが、今回はこれがその役割を果たすことになるのである。子供に対する母親の気遣いと愛情も増すであろう。哀れな幼な児に対して何らかの保証が社会によって約束され、母親は毎年出費を強いられる代わりになにがしかの利を蒙《こうむ》るのだから。既婚女性たちのあいだで、誰が一番太った子供を市場に送り出せるか、公然たる競争がくり広げられることだろう。男たちは妻の妊娠中、子を孕《はら》んだ雌馬や雌牛や出産を控えた雌豚に現在向けている優しい目を妻にも向けるようになり、流産を恐れて、現在あまりにも頻繁に生じている妻を殴る蹴るといった蛮行も控えるであろう。

他にもさまざまな利点を列挙できる。樽詰めの牛肉の輸出量が千体分ほど増加する。豚肉も普及し、上質のベーコンを作る技術も向上する。豚を大量に殺し、頻繁に食卓に上げ過ぎたせいで近年ベーコンは深刻に不足しているが、すくすく育った太った一歳児の肉となれば、これはもう味においても壮麗さにおいても較べ物にならぬ。丸焼きにすれば市長の祝宴などの公的集いでも相当な壮観となろう。が、簡潔さを自負する小生、この点をはじめその他多くの余得に関してはあえて省くこととしたい。

この都市の千世帯が幼児肉の定期的顧客となり、加えて、婚礼や洗礼式などの宴席での利用も計算に入れるなら、ダブリン全体で年およそ二万体の需要が見込まれ、残りの八万が国全体で（おそらくダブリンよりいくぶん安価で）消費されることになろう。

　この提案に対して生じうる、いかなる反論も小生には思いつかない。しいて言えば、これによって国の人口が激減することを懸念する向きはあるかもしれない。この点は小生も率直に認める。そしてむしろ、この私案を世に問うことのひとつの大きな意図も、正にそこにあったのである。読者諸兄も認識いただきたい、小生はこの救済策をひとえにアイルランド王国という一国に関して考案したのであり、かつて地上に存在した、あるいは今日存在する、あるいは今後存在しうるいかなる他国も念頭に置いていない。よって何人《なんぴと》も、小生に向かって他のいかなる方便も説いたりしないでいただきたい。曰《いわ》く、収入一ポンドにつき五シリングの税を不在地主に課す。曰く、衣服・家具の使用は材料・製造とも純国産のものに限定する。曰く、外国風の贅沢を奨励するような素材・道具を排斥する。曰く、わが国の女性から自惚《うぬぼれ》、見栄、怠惰、賭け事といった金のかさむ悪癖を取り除く。曰く、倹約、分別、節制の気風を推し進める。曰く、愛国の情を育《はぐく》む（この点我々はラップランドの民、トピナンブーの住人にも劣る）。曰く、憎しみや党派心を捨て、己の都が陥落せんとする最中《さなか》にも内輪で殺しあっていたというユダヤ人のごとき振舞いをやめる。曰く、祖国を、また己の良心を、ただで売り渡してしまわぬよう多少注意する。曰く、小作人に対し一応の慈悲を抱くよう地主を教育する。そして最後に曰く、もし国産の品しか買わぬという決議が為されたあかつきにはただちに一致団結して値や量をごまかし、たびたび強く促されようとも公正な取引を旨とするまっとうな提唱をただの一度も為さぬであろうわが国の商店主たちに正直、勤勉、熟練の精神を吹き込む。

もう一度言おう、こうしたもろもろの、そして同様の方便を、何人も小生に向かって説いたりせぬようお願いしたい。そうしたいと思ったらまずは、その案を実行に移すべく真摯にして熱意ある企てが為される望みが、事実ある程度見えてからにしていただきたい〔これらの「方便」はいずれも、スウィフトがそれまで真面目に唱えてきた内容〕。

一方、小生自身は、これまで長年、空疎にして無効かつ非現実的な提案をさんざん空しく唱えてきた挙句、いっさいの望みをついに捨てんとしていたところで、幸いにもこの案を思いついたのである。これはまったく新しい考えであり、実質と現実性も備え、費用はいっさいかからず手間もごくわずか、この国で十分実行しうる内容であって、またこれならイングランドの不興を買う恐れもない――この種の肉は非常に柔らかで長時間の塩漬けに耐えず、輸出は不可能であろうから〔当時イングランドはアイルランドからの牛の輸入を禁止していた〕。もっとも、塩なしでもわが国を丸ごと喜んで喰らい尽くすであろう国の名が小生には思いつくのであるが。

詰まるところ、小生としても、拙案同様に無害、安価、容易、有効な案を賢明なる諸氏が提唱されるなら、何が何でも自説に固執する気は微塵《みじん》もない。だが、小生の案に反対してご自分の考えを述べ立て、よりよい代案を披露せんとなさるなら、まずは以下の二点を熟慮願いたい。一、現に存在する十万の無用な口と背中に、いかにして食と衣を与えうるのか。二、この国に現在生きている、人間の形をした百万あまりの生き物の資産をそっくり合計するとして、物乞いを稼業とする連中に自作農、小作農、労働者、それら妻子を抱えた物乞い同然の者たちを加えるなら、英貨二百万ポンドの負債となるはずである。小生の建議を嫌い、あえて応酬を試みんとする政治家の方々は、こうした者たちの両親にまずはお訊ねいただきたい。今日《こんにち》ふり返ってみて、小生がここで処方しているような形で一歳のときに食物として売られていた方が幸せであったとは思わぬか。そうなっていれば、これまでさんざん味わってきたように、地主の圧制に苦しみ、金銭にも商売にも縁がないせいで地代も払えず、最低限の物資にも事欠き、厳しい天候から身を護る家も服もなく、そして未来永劫子孫にも同様の、あるいはいっそう大きな悲惨をもたらすこともおよそ避けられそうにない——そういった絶えざる苦難も味わわずに済んだとは思わぬか、と。

この必要欠くべからざる事業の推進に努めるにあたって、小生自らはいかなる利益も蒙らぬことを、誠心誠意をもって明言しておきたい。商業を振興し、幼児たちを扶け、貧民を救い、富者にもなにがしかの快楽を与えて祖国の公益を促進すること以外、小生はいかなる動機も持たない。小生自身、この計画によって一ペニーたりとも実益を見込める子供は一人もいない。一番年下の子もすでに九歳であり、妻はもはや子を産む年齢を過ぎているのだから。

死すべき不死の者
The Mortal Immortal
（1833）

メアリ・シェリー
Mary Shelley

一八三三年七月十六日。今日は私にとって記念すべき日である。今日をもって三二三年目の生を全うするのだ！

さまよえるユダヤ人？――とんでもない。世紀で数えて十八を超える時がすでに彼の頭上を過ぎている。それと較べれば、不死の者といっても私はまだ駆け出しである。

そもそも、私は不死なのか？　この問いを昼も夜も三〇三年にわたり自問してきて、いまだ答えが出ずにいる。つい今日も、茶色い髪に白髪が一本交じっているのを見つけた。これはきっと衰えのしるしだろう。とはいえ、これとて三百年ずっと隠れていただけかもしれない。人によっては、二十歳にならぬうちにすっかり髪が白くなってしまうのだから。

私は自分の物語を語ろう。そして判断は読者に委ねよう。己の物語を語って、いまや鬱陶しくてたまらぬ長い永遠を、数時間だけでもやり過ごせれば。永遠！　本当にそんなことが？　永遠に生きるなんて！　かけられた者が深い眠りに落ちて、百年後に元の若さのままで目覚める魔法の話なら聞いたことはある。「眠れる七人」〔迫害され洞穴に閉じ込められ一八七年後に目覚めたキリスト教徒七人の話〕の話も知っている。あれなら不死といっても、それほど煩わしくはあるまい。だが、ああ！　決して終わることのない時の重み、はてしなく続いていく時の退屈な推移！　かのヌルジャハード〔フランシス・シェリダンの小説に出てくる、不死になったと思い込まされる男〕はどれだけ幸せだったことか！　だがいまは私の話だ。

コルネリウス・アグリッパの名は誰でも耳にしたことがあろう。彼の技によって私が不死となったごとく、彼をめぐる人々の記憶もまた不死である。また、主人たる彼の不在時に、おぞましき悪魔を知らぬうちに呼び出してしまい悪魔に命を奪われた弟子の話も、世に広く知られていよう。この事件の伝聞が、真偽のほどはともかく広まった結果、名高き賢者は大いなる災いを被った。弟子たちはみなただちに彼を見捨て、召使いたちも姿を消した。自分が眠っているあいだもつねに燃やしている暖炉に炭をくべてくれる者も、研究に没頭しているあいだ絶え間なく変わる薬品の色に気を配ってくれる者もいなくなった。実験は失敗の連続となった。一対の手だけでは、その完遂に足りなかったのである。仕えてくれる人間一人確保できぬ彼を、邪悪な霊たちはあざ笑った。

そのころ私はひどく若く、ひどく貧しく、ひどく恋していた。コルネリウスの下で学びはじめてから一年あまり経っていたが、この事件が起きたときはその場に居合わせなかった。錬金術師の住処《すみか》にまた戻っていこうとする私に、友人たちは行くなと諭した。彼らが語る恐ろしい話に私は身震いしたが、わざわざ警告されるまでもなかった。やがてコルネリウスの方からやって来て、彼の屋根の下にとどまるなら金貨を一袋やると誘われたときも、悪魔自らに誘惑されているような思いを私は覚えたのである。歯ががたがた震え、髪が逆立って、震える膝で精一杯速く私は逃げ去った。

くずおれそうになる足に鞭打って、それまで二年間毎晩惹かれてきた場所へ向かった。混じりけない命ある水が静かに泡立つ泉、かたわらには黒髪の娘がいて、その光輝く目は夜ごと私が踏みしめてきた小道に注がれている。自分がバーサを愛さなかった時を、私は思い起こせない。私たちは幼いころから近所同士の遊び友だちだった。彼女の両親は私の両親と同じくつましい暮らしを送っていたが、卑しい身分ではなかった。私たち二人の仲よしぶりは、両親たちにとっても悦びの源であった。忌まわしい時が訪れて、悪性の熱病が彼女の父母両方を連れ去り、バーサは孤児となった。あのまま行けば私の両親が引きとるところだったろうが、あいにく、近隣の城に住む、裕福で子供もいない独り暮らしの老貴婦人が、バーサを養子にすると言い出した。以来、バーサは絹にくるまれて暮らし、大理石の宮殿に住んで、幸多き身と人目には映るようになった。けれど、境遇は変わって、新たな知己《ちき》に囲まれても、つましき日々に得た友への真心は失わなかった。私の住む山小屋にもよく訪ねてきたし、そこへ行くことを禁じられると、近隣の森へこっそり出向いて、その影深い泉のほとりで私と会ってくれたのである。

彼女はしばしば、新しい保護者に対しては私たち二人を結ぶ絆のように神聖な義務など何も負っていない、と言い切った。とはいえ、結婚するには私は貧しすぎたし、私のせいで思い悩むことを彼女は次第に厭《いと》うようになっていった。気位の高い、かつ気の短い性格ゆえに、私たちの結婚を妨げる障害に彼女はだんだん憤りを募らせていった。そしてこの日、私たちはしばらくぶりに会ったのだった。私がいなかったあいだ、彼女は深く煩悶していた。強い不満を彼女は口にし、私の貧しさをほとんど責めるような言を吐いた。私はあわてて答えた。

「僕は貧しくても潔白だよ！　でなければ、すぐにでも金持ちになれるだろうけどね！」

この一言が、無数の問いを引き起こした。真実を打ちあけることで彼女に衝撃を与えるのが私は怖かったが、彼女の方が私から真実を引き出した。そして蔑みの視線を私に投げて、こう言った。

「愛していると言っておいて、あたしのために悪魔と向きあうのが怖いなんて！」

君にショックを与えることが心配だったんだよと私が訴える一方、彼女は私が得ることになる報酬の莫大さを述べ立てた。かように激励され、威圧され、愛と希望に駆り立てられた私は、己の懸念を笑い、足どりも心も軽く、錬金術師の誘いを受け容れるべく戻っていって、ただちに仕事を与えられたのである。


一年が過ぎた。私は少なからぬ額の金を手にしていた。慣れがすでに恐怖心を追い払っていた。精一杯気をつけて見張っていても、師の足にひづめがある形跡は見てとれなかったし〔悪魔は足にひづめがあるとされる〕、悪魔ふうの吠え声が住居内の張りつめた静寂を乱しもしなかった。バーサとは依然ひそかに会っていて、希望の光が差してきていた。だがあくまで希望であって、完璧な悦びではない。というのも、愛と自信は敵《かたき》同士だとバーサは決めていて、私の胸の中でその二つが一つにならぬよう努めたのである。心は真《まこと》であったけれど、ふるまいはいくぶん浮気っぽい女性だったのだ。私はトルコ人に負けぬ嫉妬を覚えた。彼女は無数のやり方で私を軽んじたが、自分の方が間違っているとは絶対に認めなかった。彼女のふるまいに私は時に逆上してしまい、あとで彼女の許しを乞う破目になるのだった。時おり、私の服従が不十分だと感じると、彼女の保護者にも気に入られているライバルの話をバーサは持ち出した。絹に包まれた若者たち、金持ちで華やかな連中に彼女は囲まれている。彼らを敵に回して、みすぼらしいなりのコルネリウスの弟子にどんなチャンスがあるというのか？

あるとき私は、錬金術師に長時間拘束されて、いつものようにバーサに会うことができなかった。師は何か大きな仕事に携わっており、私は昼も夜もとどまって炉に炭をくべ、調合した薬品を見張らされた。バーサは泉のほとりで空しく私を待った。彼女の誇り高い心が、蔑ろにされたことで燃え上がった。私はやっとのことで、仮眠に与えられたわずかな時間に、バーサに慰めてもらうのを楽しみに抜け出していったが、彼女は侮蔑のまなざしとともに私を迎え、鼻であしらい、あたしのために二か所同時にいられないような男に用はないわと言い放った。只じゃ済みませんからね、あたしをこんな目に遭わせて！　と。そしてまさに只では済まなかった。むさくるしい住処に戻った私は、彼女がアルバート・ホファーのお伴で狩りをしていたことを聞かされた。アルバート・ホファーは彼女の保護者にも気に入られていて、折しも私の部屋の煤《すす》けた窓の前を、保護者ともども三人が馬でさっそうと通り過ぎていくのが見えた。彼らが私の名前を口にした気がし、嘲りの笑いがあとに続いて、彼女の黒い瞳が蔑むように私の住居の方を一瞥《いちべつ》した。

嫉妬の念が、その毒と悲嘆を十二分に伴って私の胸に入ってきた。もはや彼女をわがものと呼べないかと思うと、涙があふれてきた。じきに今度は、彼女の不実ぶりを呪う呪詛の言葉が次々に出てきた。だが依然、錬金術師の炎を絶やしてはならなかったし、もろもろの不可解な薬品の変化にも目を配らねばならなかった。

　コルネリウスは三日三晩にわたって見張りを続け、一瞬も目を閉じていなかった。蒸留器の中の変化は彼が期待していたほど早くはなかった。逸《はや》る気持ちはあっても、眠気は瞼に重くのしかかった。人間の気力を超えた力でくり返し睡魔を振り払っても、睡魔はくり返し意識を盗んでいく。コルネリウスは切なげに一連の坩堝《るつぼ》を見た。「まだ出来ておらん」と彼は呟いた。「完成までにもう一晩要るだろうか？　ウィンジー、お前は万事抜かりなく見張ってくれる。お前は忠実だ。それに睡眠もとっている——昨日の夜眠ったのだよな。あのガラス容器を見ろ。中に入っている液体は穏やかな薔薇色だ。あれの色が変わり出したらすぐ、私を起こしてくれ。それまでは目を閉じていることにする。まずは白に変わって、いずれ金色のきらめきを発するはずだが、そこまで待ってはいかん。薔薇色が褪せてきたら、起こせ」。最後の、ほとんど眠りの中で発せられた一言はもう聞きとるのがやっとだった。だがそれでもコルネリウスは、自然の力に完全に屈してはいなかった。「いいか、ウィンジー」と彼はふたたび言った。「容器に触ってはならんぞ。唇に当ててはいかん。これは媚薬なのだ——恋の病を治す媚薬だ。お前がバーサを愛するのをやめることは決してない。ゆめゆめ飲まぬように！」

　そしてコルネリウスは眠った。老いた威厳ある頭部が胸に沈み、規則正しい息遣いはほぼ聞こえなくなった。何分かのあいだ、私は容器を見守っていた。薔薇の色合いに変化はなかった。やがて私の思いはよそへ漂っていった。思いは泉へと向かい、二度と——もう二度と！——くり返されることのない無数の素敵な情景を浮かび上がらせた。「もう二度と！」という言葉が唇にのぼって来るとともに、種々の毒蛇が胸に巣喰った。不実の乙女！——不実にして残酷！今夜彼女はアルバートに笑顔を向け、もう二度と私に笑顔を向けはしない。見下げた、忌まわしい女よ！　この恨み、晴らさずにおくものか。アルバートが己の足下で息絶えるのをあの女は見るのだ。私の復讐によってあの女は死ぬのだ。嫌悪と、勝ち誇った思いもあらわな笑みをあのとき彼女は浮かべたのだった。私の情けない有様と、己の力とを彼女はよく承知していた。だがいったいどんな力だというのだ？　私の憎しみを、私の底なしの侮蔑をかき立てる力、だが私の無関心だけはかき立てはしない！　それさえ生み出せれば——どうでもいいという目を彼女に向けて、拒まれたこの愛を、もっと美しい、もっと真の心を持つ女《ひと》に移せれば、まさしく勝利であろうに！

と、明るい閃光が目の前をよぎった。師の作った薬のことを私はすっかり忘れていた。驚嘆に目を見開いて、私はそれに眺め入った。絢爛《けんらん》たる美の閃《ひらめ》き、陽ざしを浴びたダイヤモンドよりもっと明るい光が、液体の表面から発せられていた。この上なくかぐわしい、心地よい香りが嗅覚に忍び込んでくる。容器丸ごとが、一個の命ある光輝の球体と見え、目に美しく、味覚にもこの上なく誘惑的だった。まず本能的に、より粗野な感覚によって生じたのは、これを飲もう、飲まねばという思いだった。私は容器を口許に持っていった。「これが恋の病を、責め苦を、治してくれる！」。人の舌が味わった最高に美味な飲み物を、私がすでに半分飲んでしまった時点で、錬金術師の体がもぞもぞと動いた。私はハッとして、グラスを落としてしまった。液体が床の上で燃え上がり、見るみる流れていくなか、コルネリウスの手に喉を摑まれるのを私は感じた。彼は金切り声を上げた。「何ということを！　よくも一生の仕事を台なしにしてくれたな！」

　薬の一部を私が飲んだことに、師はまったく気づいていなかった。私が好奇心から容器を手にとったのであり、その明るさ、それが発する強烈な光の閃きに怯えて思わず落としてしまったのだと思い込んだようだった。私としても何も言わないことで暗にそれを肯定し、誤解を解こうとはいっさいしなかった。薬を煎じていた火は消え、香りも絶えて、コルネリウスは――この上なく大きな試練の下で賢者がそうであるべきとおり――落着きを取り戻していき、もう下がってよいと私に言った。

　記憶すべきその夜の残りの時間、私の魂を楽園でもって包んだ栄光と至福の眠りを、言葉で言い表わそうとはしまい。あの享楽、あるいは目覚めたときに私の胸を捉えた歓喜に較べれば、言葉などその浅く弱々しい符号にすぎない。私は宙を歩いていた。思いは天にあった。地が天と見え、私がこの地で引き嗣《つ》ぐのはもっぱら歓喜の恍惚なのだと思えた。「恋の病が癒えるというのはこういうことなんだな」と私は思った。「今日バーサに会おう。恋人が冷たく無関心になったところを見せつけてやろう。幸福のあまり軽蔑などしている暇すらなく、彼女にまったく何の興味もなくなったことを！」

一時間一時間が躍るように過ぎていった。一度は実験に成功したと確信し、もう一度成功することも可能だと信じた師は、同じ薬をもう一度作りにかかった。書物と薬の材料を抱えて師は引きこもり、私は休暇を与えられた。私は入念に着飾った。古いが磨き込んだ鏡代わりの楯を見ると、私の元々端麗な容姿が、驚くほど向上したように思えた。魂に悦びを抱え、天と地の美に囲まれて私は町外れへ急いだ。城に足を向けた私は、その高き塔も軽やかな心で眺めることができた。何しろ私は、恋の病が癒えたのだ。わがバーサは遠くから、並木道をのぼって来る私を見た。突然のいかなる衝動がその胸を活気づかせたのか、私を見たとたん彼女は、子鹿のように軽やかな足どりで大理石の階段を駆け降り、私の方に走り寄ってきた。だが私の姿はもう一人別の人間にも見られていた。バーサの保護者を自認する、彼女の暴君たる名家の老婆である。足を引きひき、息を切らせて老婆は高台をのぼって来る。本人に負けず醜い小姓がその裳裾《もすそ》をうしろから持ち上げ、せかせかと歩く彼女を扇いでいる。老婆はわが美しき乙女を呼びとめた。「これ、そんなに急いでどこへ行く、無鉄砲な娘よ？　檻に戻るのだ、鷹どもがうろついておるぞ！」

バーサは哀願するように両手の指を絡みあわせた。目は依然、近づいてくる私の方に据えられている。二人が言い争うのが見えた。わがバーサの、和らぎつつある優しい心の動きを阻止しようとする老女が、どれだけ忌まわしく思えたことか。これまでは、その地位を敬うがゆえに私は城の女主人を避けてきた。いまやそんなつまらぬ配慮はどうでもよかった。私は恋の病が癒えたのであり、人の持つあらゆる恐れを超越する高みに達したのだ。私は先を急ぎ、じき高台に着いた。バーサは何と美しく見えたことか！　目は炎を閃かせ、頬はもどかしさと憤りに赤らみ、いつもより千倍も優雅で愛らしかった。私はもはや彼女を愛するのではなかった。崇拝し、賛嘆し、偶像視したのだ！

その朝バーサは、いつにも増して激しく、私の恋敵との即座の結婚に同意するよう責め立てられていた。彼に対して色よくふるまったことを彼女は詰《なじ》られ、従わねば名誉も剝ぎとられ恥辱にまみれた身で城から追い出すと脅かされたのである。その脅しに、彼女の誇り高き心は敢然と刃向かった。が、私をけんもほろろにあしらい、いまや自分にとって唯一の味方と思える人物を失ってしまったかもしれぬと思い至って、後悔と憤怒の念に彼女はさめざめと泣いた。まさにその瞬間、私が現われた。「ああ、ウィンジー！」と彼女は叫んだ。「あなたのお母様の山小屋に連れていってちょうだい。こんな貴族の住まいの、贅沢で浅ましい暮らしなんてもう沢山。一刻も早くここから立ち去りたい。貧しさと幸福の場に、あたしを連れていってくださいな」

私は恍惚として彼女を両腕に抱きしめた。老貴婦人は怒りのあまり言葉も出ず、罵倒の文句がその口から次々あふれ出したころには、私たちはもう、私の生まれた田舎家に向かって歩みを進めていた。金めっきの檻から、自然と自由の場へと逃れてきた麗しい逃亡者を、私の母は優しく、喜んで迎え入れた。バーサを可愛がっていた父も彼女を歓迎した。法悦の一日であった。錬金術師の作り出した天の媚薬など加えずとも、私は十分歓喜に浸っていた。

この波乱の一日ののちまもなく、私はバーサの夫となった。もはやコルネリウスの弟子ではなくなったが、友ではありつづけた。神々しく甘美なる霊薬を我知らず与えてくれたコルネリウスに対し、私はつねに感謝の念を抱いていた。その霊薬が、恋の病を治したのではなく（治して何になろう！　あとからふり返れば至福と思える悪が、侘しく味気なく取り除かれるだけだ）、勇気と決断力を与えてくれて、その結果、計り知れず貴い宝バーサを私は勝ちえたのだ。

神がかりにも似たこの陶酔状態の時を、私はのち何度も、つくづく感じ入りつつ思い起こした。コルネリウスの薬は、彼が明言していたような効能をもたらしはしなかったが、言葉では表わしようのない別の、もっと強力で至福の効果をもたらしたのである。徐々に薄れてはいったものの、その効力は長く続き、人生を種々の壮麗なる色で塗り上げてくれた。私が心も軽やか、かつてなく陽気でいることにバーサは幾度となく驚いた。それまでの私は、深刻な、悲壮とさえ言っていい性格だったのだ。新たな朗らかさゆえに彼女はいっそう私を愛し、私たちの日々には悦びの翼がついていた。

五年後、私は突然、臨終の床にあるコルネリウスの許に呼び寄せられた。あの男を一刻も早く連れてこい、と言いつけられた者が私の許へやって来たのである。駆けつけてみると、コルネリウスは藁の寝床に横たわり、いまや息も絶えだえになっていた。なおも残る生命はもっぱらその鋭い目に生気を与え、目は薔薇色の液体で満たされたガラス容器に注がれていた。

「見よ、人の願いの空しさを！」とコルネリウスは、途切れ途切れの、こもった低い声で言った。「ふたたび望みがいまにも叶えられようというところで、ふたたび打ち砕かれたのだ。その液体を見るがいい。五年前に私がこれを、同じように作り上げたことをお前も覚えているだろう。あのときもいまと同じに、不死の霊薬をわが乾ける唇はもう少しで味わわんとしていたのに、お前に台なしにされた！　そして今回はもう手遅れだ」

難儀そうにそう語ると、彼は枕に頭を落とした。私はこう言わずにおれなかった。

「わが師よ、恋の病を治す薬が、どうやってあなたに生を取り戻しうるのです？」

かすかな笑みが師の顔をかすかによぎるなか、そのほとんど理解不能な返答に私は一心に耳を傾けた。

「恋の病だけではない、すべての病を治すのだ――不死の霊薬なのだ。ああ！　いま飲めれば、私も永遠に生きるものを！」

その一言とともに、液体から金色の光が閃いた。忘れもしないあのかぐわしさがあたりに漂った。コルネリウスは渾身の力を振り絞って身を持ち上げた――その体内に奇跡的に力が戻ってきたように見えた――彼は片手を前にのばした――大きな爆発音に私はギョッとした――霊薬から炎が一筋舞い上がり、ガラス容器が粉々に砕ける！　私は錬金術師に目を向けた。体はすでにうしろに倒れ、目は濁り、顔はこわばり、彼は息絶えていた！

だが私は生きていた。永遠に生きるのだ！　悲運の錬金術師の言葉どおりならば。何日かのあいだ私はその言を信じた。あれをこっそり飲んだあとに生じた素晴らしい酩酊を私は思い起こした。体に、魂に感じた変化に思いをめぐらした。体はしなやかな弾力に満ち、魂は浮遊するがごとき軽やかさにあふれたのだった。そしていま、私は鏡に映った自分を眺めた。五年経っても、目鼻立ちに何ら変化は見てとれない。あの美味な飲み物の輝かしい色合いと、快い香りを私は思い出した。その効能にふさわしい色と香り——やはり私は、不死なのだ！

何日かすると、自分のおめでたさを私は笑っていた。「預言者は自国で最も敬われぬ」という古いことわざは、私といまは亡きわが師に関してはまさに真だった。私は彼を人として愛し、賢者として敬ったが、闇の力を意のままにできるという信念についてはおよそ本気にしていなかったし、下々の者たちが彼を見る際のほとんど超自然的な恐怖も嘲笑していた。彼は博識の賢者ではあったが、知りあいはもっぱら肉と血に包まれた者たちであり霊の知己はなかった。その学もあくまで人間のそれであった。そして人間の知は——と私はじき確信するに至った——魂をその肉体の棲家に永久に閉じ込めうるほど自然の法則を支配できはしない。魂に生気をよみがえらせる飲料、ワイン以上に酔わせいかなる果物より甘くかぐわしい飲料をコルネリウスは調合した。おそらくは薬としての効能も強く、心には悦びを、手足には活力をもたらしてくれた。だがその効力もいずれは薄れるはずだ。私の体においても、効き目はすでに弱まってきていた。師のおかげで、健康と悦ばしい心を飲み干した私は果報者である。ひょっとしたら長寿すら飲んだかもしれない。けれど幸運もそこまでだ。長寿と不死とでは訳が違う。

こうした信念を、私は何年も抱きつづけた。だが時おり、ひとつの思いが忍び寄ってきた。不死の薬を調合したとわが師が信じたのは、本当に間違っていたのか？　ふだんは私も、私とてアダムのすべての子同様しかるべき時に最期を迎えるのだ、まあ少しは遅いかもしれないがあくまで自然な年齢で死ぬのだ、と信じていた。とはいえ、私が驚くほど若々しい見かけを保っていることもまた確かであった。何度も鏡を見るせいで見栄っ張りと笑われたが、いくら見ようが空しかった。私の額に皺はなく、頬も、目も、体中どこも二十歳のときのまま損なわれていなかった。

私は思い悩んだ。バーサの色褪せた器量を見ると、自分が彼女の息子のように見えてきた。近所の人たちも似たようなことを口にしはじめ、やがて私は自分が「魔法にかかった学徒」の名で通っていることを知った。バーサも心穏やかではいられなくなってきた。彼女は嫉妬し、苛つき、ついには私を疑いはじめた。私たちに子供はいなかったから、たがいがたがいにとってすべてだった。年を重ねていくにつれて、彼女の快活さにはいささかの怒りっぽさが伴うようになり、美しさも残念ながら減じていった。でも私は心の中で、いまも彼女を、自分が偶像視した女性、完全無欠の愛でもって求め、勝ちとった妻として慈しんでいた。

とうとう私たちの状況は耐えがたいものになった。バーサは五十歳で、私は——私は二十歳だった。恥じ入るあまり、私は年配の人間の習慣をそれなりに身につけた。もはや若く華やかな連中に交じってダンスに興じたりはしなかった。だが、足を抑えはしても、心は彼らと一緒に跳ねていた。村の長老たちに交じった私は、何とも場違いな姿をさらしていた。だが、これよりもっと前に物事は変わってしまっていた。人々は私たちを避け、私たちは——少なくとも私は——かつての師の友と見なされた存在と邪悪な関係を結んでいると噂された。気の毒に、バーサは人々から憐れまれこそすれ、誰にも相手にされなかった。私は恐怖と嫌悪の目で見られた。

どうしたらいい？　私たちは冬の暖炉の前に座っていた。貧しさがひしひしと感じられた。誰も私たちの農場で穫れた作物を買ってくれないのだ。私は何度も、財産の一部を処分すべく、自分が知られていない場所まで二十マイルあまり旅することを余儀なくされた。悪しき日に備えて貯える、とはよく言ったもので、私たちは貯え、事実悪しき日は訪れたのだった。

寂しい炉辺に私たちは座っていた。心のみ老いた若者と、いまや齢《よわい》を重ねた妻。またしてもバーサは、真相を聞かせろと迫った。人が私について言っていた話を彼女は一通りくり返し、それに自分の見解もつけ加えた。魔法の力を投げ捨てるよう彼女は私に懇願した。そんな栗色の巻き毛より白髪の方がずっと端麗だと彼女は説き、老齢に与えられる敬慕の念をとうとうと論じた。ほんの子供に払われる微々たる好意より、その方がどれだけ好ましいか。若さや顔立ちのよさといった卑しむべき美点が、恥辱、憎悪、軽蔑より重みがあると思うのか？　いいえ、あなたは結局——と彼女は言った——黒魔術に携わる者として火あぶりにされ、あたしはその恵みは何も教えてもらわないまま共犯者として石をぶつけられるかもしれないのよ。とうとう彼女は、あたしにも秘密を教えてちょうだい、あなたが享受した恩恵をあたしにも与えてちょうだい、さもなければあなたを公に糾弾します、そう言ってわっと泣き出した。

ここまでせっつかれては、真実を告げるのが一番だと思えた。精一杯柔らげた言い方で私は打ちあけ、非常に長い人生とのみ言って不死とは言わなかった。実際、そういう言い方が一番自分の考えにも即していたのである。語り終えると、私は立ち上がって言った。

「そしていま、私のバーサよ、君は若き日の恋人を糾弾するだろうか？　そんなことはしないよね。とはいえ、わが哀れな妻よ、私の不運とコルネリウスの悪しき技のせいで君が苦しむのは忍びない。私は君を残して出ていく。君には十分富もあるし、友人たちも私がいなくなれば戻ってくるはずだ。私はここを去る。若く見えるし、体も丈夫だから、知らない人たちに交じって何も疑われず知られもせずに働いて食べていける。若き日に私は君を愛した。老いても君を見捨てる気などないことは神がご存じだ。けれど君の身の安全と幸福を考えれば、そうするしかないのだ」

私は帽子を手にとり、玄関に向かった。次の瞬間、バーサの両腕が私の首に巻きつけられ、唇が私の唇に押しつけられた。「いいえ、あたしの夫、あたしのウィンジー」と彼女は言った。「あなたを一人では行かせません。あたしも一緒に連れていってください。二人でここを出て、あなたの言うように、知らない人たちに交じって誰にも怪しまれずひっそり暮らしましょう。あたしもまだ、とことんあなたの恥となるほど老いてはいません。それに魔法の力もきっとじきに弱まって、あなたも神の祝福を得てもっと年相応の見かけになるはずです。どうかあたしを見捨てていかないで」

優しき魂の抱擁を、私も心から返した。「見捨てないとも、私のバーサ。君のためだと思わなければ、そんなことは考えもしなかったさ。君が私と共に在るあいだは、私は君の真《まこと》の、忠実な夫でありつづける。君への義務も最後まで果たす」

次の日私たちは、ひそかに移住の準備を進めた。金銭面で多大な犠牲を払うことを強いられたが、やむを得ない。それでも、バーサが生きているあいだは食べていける程度の額は集まった。そして誰にも別れを告げずに、生まれ育った国を二人で離れ、西フランスの片田舎に逃れた。

バーサを故郷の村から、そして若き日以来の友人たちから引き離したのは残酷なことだったと言わねばならない。新しい国、新しい言語、新しい慣習。私の方は、生まれ育った場から離れたところで、わが運命が抱えた奇怪な秘密を思えば、まったくどうでもよかった。だが彼女には深く同情せざるをえなかったし、種々のささいな馬鹿げた状況に彼女が己の災難に対する代償を見出しているのを見れば私も嬉しかった。だが彼女は、あれこれ噂をする者たちから離れたいま、無数の女性的手管《てくだ》によって、私たちの歳の見かけの差を減じようと企てた。頬紅、若づくりの服、少女っぽいふるまい。私としても、怒るわけには行かなかった。私とて仮面をかぶっているではないか？　彼女の仮面の方が上手く行っていないからといって、なぜ責める？　これが私のバーサだということを思い出すたび、私はひどく悲しい気持ちになった。これが私があんなにも狂おしく愛した、あんなにも夢中な思いで勝ちとった、黒い瞳、黒い髪の、可憐にお茶目な笑顔、子鹿のような足どりの娘だったとは――この上品ぶった、ニタニタ笑いの、嫉妬深い老女が。彼女の白髪、しなびた頬を私は素直に敬ったことだろう。だが、これは！　私のせいだとわかってはいる。それでも、こうした人間の弱さの表われを、私は嘆かずにおれなかった。

彼女の嫉妬は眠ることを知らなかった。いまや彼女の主たる関心事は、見かけにもかかわらず私も実は老いてきている徴候を探すことだった。哀れな彼女が、心中私を本当に愛していたことを私は信じて疑わない。が、その愛情を示すのに、これほど屈折した方法を採った女性を私はほかに知らない。私の顔に彼女は皺を見出し、私の歩き方に衰えを見出した。だが実のところ私は、若々しく活力みなぎる弾む足どりで歩き、若者が二十人いる中でも誰より若く見えるのだった。ほかの女性には絶対に話しかけないよう気をつけた。あるとき、村一番の美女が好意的な目で私を見ていると思ったバーサは、私にかぶらせようと白髪の鬘《かつら》を買ってきた。知りあいと話していて彼女がいつも口にするのは、夫はいかにも若そうに見えるけれど体はじわじわ蝕まれているのだという話題であり、見かけの元気さこそその最大の病徴なのだと請けあうのだった。あなたの若さは病気なのよ、と彼女は言った。突然恐ろしい死に見舞われるとまでは行かないにしても、ある朝目覚めたら髪は真っ白、老齢のしるしをすべて抱えて腰も曲がっていた、なんてことになるのを覚悟しないといけないのよ、と。私は彼女に言いたいだけ言わせた。その憶測に賛同することもよくあった。彼女の警告の内容は、自分のありようをめぐる私自身の不断の考察とも合致していたのである。彼女の鋭い才覚、刺激された想像力がこの問題についてくり出す言葉すべてに、辛くはあれ興味津々私は耳を傾けた。

が、こんな細かい話をくどくどと語って何になろう？　私たち二人は長い年月生きつづけた。バーサは寝たきりになり、体も麻痺していった。母が子を世話するように、私は彼女を世話した。彼女は怒りっぽくなり、同じことを何度もくどくど言った。私が彼女よりどれだけ長生きするか、いつもその話だった。そんな彼女に対して、自分がきちんと務めを果たしたことは、その後ずっと私の慰めとなってきた。若き日に彼女は私の妻であったし、老いてもやはり私の妻だったのだ。とうとうその亡骸の上に土をかぶせたとき、自分を人類と真に繋いでいた唯一の絆を失ったことを想って私は泣いた。

それ以来、私の心労と悲嘆はいかに多く、悦びはいかに少なく空しかったことか！　私の物語はここで止めよう。これ以上先は語るまい。舵も羅針盤も失って嵐の海に揺られる船乗り、茫漠たる荒地《ヒース》を導きの目印も星もなくさまよう旅人、私はずっとそういう身だった。いや、そのどちらよりもっとよるべなく、もっと望みない。船乗りや旅人ならば、近づいてくる船、どこか遠くのあばらやから漏れてくるほのめきに救われもしよう。だが私には、死の望み以外何の光も差してこない。

死！　弱き人類の持つ、神秘なる、忌まわしき顔立ちの友！　なぜお前は、すべての人間を庇護する囲いから私だけ追い出したのか？　ああ、墓の安らぎが欲しい！　鉄にくるまれた墓の深い静寂が！　脳を駆る思考が止んで、新たな形の悲しみが加わるばかりの情念に脈打つ心臓も止まってくれたら！

私は不死なのだろうか？　この最初の問いに戻ろう。まず第一に、あの錬金術師の飲料が、永遠の生ではなく長寿を孕《はら》んでいたという方が、可能性として高いのではないか？　それが私の希望だ。それに、思い出してほしい、コルネリウスが作った薬の半分しか私は飲んでいないのだ。魔法の力を十全なものにするには、全部が必要だったのではないか？　不死の霊薬を半分飲んだということは、半分不死であるにすぎないということだ。私の「永遠」はかように先が切り落とされ、無価値なのである。

とはいえ、永遠の半分の年月なるものを、誰が数にできよう？　無限とはいかなる法則によって分割しうるのか、私はよく想像してみる。時おり、老いが忍び寄ってきた気がすることもある。白髪も一本見つかった。愚か者！　それを嘆くのか？　そう、私の心にはしばしば、老いと死の恐怖が冷たく忍び込んでくるのだ。生きれば生きるほど、生を忌み嫌っているというのに、私はますます死が怖くなってきている。人間は死ぬために生まれてくる。その人間が、私のように、人間本性の定めた法則に背くとき、人はかくも大きな謎となるのだ。

こうした尋常ならざる気持ちがなかったなら、私はきっと死んでいるだろう。さすがの錬金術師の薬も、炎、剣、人を窒息せしめる水には敵うまい。穏やかな湖の青い深みや、荒々しい川の怒濤の奔流を凝視するたび、あの水の中に安らぎがある、と思ったものだ。にもかかわらず、私はその場を歩き去り、また一日生きた。かようにほかのやり方ではあの世への入口を開きえぬ者が自殺するのは罪だろうか、と何度となく自問してきた。私はすべてを為してきた。唯一やっていないのは、兵士もしくは決闘者として、自分を破壊の対象として私の同胞に――いや、同胞などではない、だからこそ尻込みするのだ。人々は私の仲間ではない。私の体内にある消しようのない生の力と、彼らの生の儚《はかな》いありようによって、私たちは両極のごとく隔てられている。彼らのなかで最も卑しい者にも、最も強い者にも、手を振り上げることなど私にはできない。

こうして私は、長い年月を生きてきた。独りで、己に憂《う》いて、死を願って、だが決して死なずに、死すべき不死の者として。野心も強欲も私の心に入り込めはしない。私の胸を蝕む熱い愛情は、誰にも報いてもらえず、自らを献げうる対等の人を見出せもせず、ひたすら私を苛むためだけに生きつづける。

まさに今日この日、自殺でもなく、誰か他人を人殺しに仕立てもせずすべてを終わらせられそうな構想が浮かんだ。人間の体では――たとえ私のごとく若さと力にあふれた体でも――とうてい生き延びられぬような旅に出るのだ。そうやって自分の不死性を試し、永遠の眠りにつくか、帰還を果たして人類の驚異かつ恩恵者となるか。

旅立つ前に、情けない虚栄心に動かされてこんな文章を綴ってしまった。私は死なないだろう。私は何の名前も残さないだろう。あの運命の飲料を飲んでから三世紀が経った。あと一年過ぎる前に、私は途方もない危険に出遭い、極北の地で寒さと闘い、飢えと労苦と雨風に苛まれ、この体を、自由に焦がれる魂を執拗に封じ込める檻を、空と水の破壊的力に明け渡すのだ。もしそれでもなお生き延びたなら、私の名は万人の知る名のひとつとして記録されることだろう。己に課した務めを果たしたら、私はさらに徹底した手段に訴え、自らの肉体を構成している原子を拡散させ、抹殺して、その中に閉じ込められた生を解き放つだろう――この薄暗い地上から、その不死の本質にもっと適した天空へ舞い上がることをかくも残酷に妨げられている生を。

信号手
The Signalman
（1866）

チャールズ・ディケンズ
Charles Dickens

「おーい！　そこの人！」

　こう呼ぶ声を上から聞いたとき、男は詰所の扉のところに立って、短い竿に巻きつけた旗を手にしていた。地形を思えば、声がどこから発せられたか、迷う余地はなさそうに思えるのに、私の立っている、ほとんど彼の頭上につき出ている険しい斜面の上を見上げる代わりに、男はなぜか体を回し、線路の先の方を見やった。そのしぐさにはどこか目を惹くものがあったが、ではいったい何がそう思わせるのかとなると、どうにも見当がつかなかった。だがとにかく、何か目を惹くところがあったからこそ、私の目もそこに行ったのだ。深い溝の底にいる男の姿は、影に覆われ縮んで見えたし、私はといえば男よりずっと高いところにいて、さながら怒っているような日没の光にすっかり浸され、片手を額にかざしてやっと彼が見えるという程度だったにもかかわらず。

「おーい！　そこ！」

　線路の方を見ていた男は、ふたたび体を回し、目を上げて、はるか高くにいる私の姿を認めた。

「そっちまで降りていってちょっと話したいんだが、道はあるかね？」

　男は何とも答えず私の方を見上げ、私も無精な問いをすぐに繰り返して相手を急《せ》き立てはせずに彼の方を見下ろしていた。と、漠とした震えが大地と空中に伝わってきて、それがたちまち激しい振動に代わり、ぐんぐん迫ってくるその勢いに私は思わずうしろに飛びのいた。まるでそれが私を引きずり下ろす力を持っているような気がした。矢のように走る列車から発して私のいる高さまでのぼってきた蒸気が目の前を過ぎていき、あたり一帯に散っていったあと、もう一度下を見下ろすと、汽車が過ぎていくあいだ掲げていた旗をふたたび巻いている男の姿が見えた。

私は問いを繰り返した。男は少しのあいだ、じっと揺るがぬ注意とともに私を見据えているように思えたが、それから、巻き終えた旗で、私と同じ高さの、距離にして二、三百ヤード離れた一点の方を指した。「わかった！」と私は答えを返し、その地点に向かった。そこまで行って、あたりをじっくり見回してみると、ジグザグに降りていく道が粗く刻まれていたので、それを下っていった。

切り通しの道はおそろしく深く、異様に険しかった。じとじと湿った大きな岩を切り崩して作ってあって、降りていくにつれてますますぬるぬる濡れてくる。そのせいもあって、歩いているあいだに私も、この道を指した際に彼が漂わせた、気の進まぬような、やむをえずやっているような様子を思い起こすだけの余裕を持つことになった。

ジグザグに下る道を、男の姿がふたたび見えるあたりまで降りていくと、列車がさっき通っていった線路の真ん中に、いかにも私が現われるのを待っているような風情で男は立っていた。左手を顎《あご》に当て、その肱《ひじ》は胸の前を横切っている右手で支えられている。さも油断なく待ち受けている佇《たたず》まいに気圧《けお》されて、私は一瞬ハッと立ちどまった。

坂道をさらに下っていき、線路の高さに降り立って、近くまで来てみると、相手は浅黒い、血色の悪い人物で、黒っぽい顎ひげを生やし、眉も相当太かった。ここまで辺鄙《へんぴ》な、荒涼とした仕事場は見たことがない。左も右も、切り立つぎざぎざの岩は水が滴《したた》るほど湿り、視界をほぼ完全に遮《さえぎ》っていて、細いひと筋の空が見えるばかり。一方を見通せば、この大いなる土牢がところどころ曲がりながらどこまでも延びている。もう一方の見通しはもっと短く、陰気な赤い警告灯とともに終わっていて、そこから、黒いトンネルがいっそう陰気な口を開けている。入口のどっしりした造りには優雅さのかけらもなく、気の滅入る、人を寄せつけぬ空気が漂っている。日の光も、ここまでたどり着くのはごくわずかで、光すら土臭い、禍々《まがまが》しい匂いがした。冷たい風が荒々しく吹き抜けて私の体に寒気《かんき》を叩きつけ、まるで自然界の外に出てしまったような心持ちにさせられた。

向こうが動き出す前に、私はもう、男に触《さわ》れるくらい近くに来ていた。それでもまだ男は視線を私の目からそらさぬまま、一歩うしろに下がって、片手を上げた。

ずいぶん寂しそうな仕事場だね（と私は言った）、あそこから見下ろしたときにすぐさま目に止まったよ。人が来ることもめったにないだろうねえ。来れば迷惑ではあるまいね？　一方男は、私のなかに、生涯ずっと自分の狭い世界に閉じ込められてきていまやっと解放されこういう仕事にも興味が芽生えてきた人間を認めただけだった。そういう旨を私としても話したわけだが、どういう言葉遣いをしたのか自分でもよくわからない。もともと自分から会話をはじめるのが苦手なところへ持ってきて、この男にはどこか人をひるませるところがあったのだ。男は何とも奇妙な表情で、トンネルの入口近くの赤い警告灯の方を見て、その光に何かが足りぬかのようにその周りをしげしげと眺めてから、私を見た。

あの警告灯も君の管轄なんだね？　そうでしょう？

男は低い声で答えた。「決まってるじゃありませんか」

じっと動かないその目と、むっつり暗い顔をまじまじと見ているうちに、これは人間ではなく亡霊ではないか、という途方もない思いが湧いてきた。あれ以来私は考えてきたのだが、あれはまず男自身の胸にそういう思いがあって、それがこちらにも伝染したのではないか。

今度は私が一歩うしろに退《ひ》く番だった。だがそうしながらも、私に対するひそかな恐怖を相手の目のなかに私は見てとった。それで、途方もない思いも霧散した。

「何だか、僕を怖がっているような目で見るんだね」と私は、無理して笑顔を作りながら言った。

「前にもお見かけしたことがある気がしたんです」と男は答えた。

「どこで？」

さっき見ていた赤い警告灯を男は指した。

「あそこで？」と私は言った。

一心に私を見つめながら、男は「そうです」と（声には出さずに）答えた。

「でも君、僕があそこで何をすると言うのかね？　まあとにかく、あんなところに行ったことはないよ、誓ってもいい」

「そうでしょうね」と彼もきっぱり言った。「ええ、そうでしょうね」

私と同様、男の物腰からも迷いが消えて、こっちの言葉に対し進んで、丁寧に言葉を選んで答えるようになった。自分に求められているのは正確さと注意深さであって、実際に体を動かす仕事はほとんど何もありません。あの信号を切り替えて、ランプの炎を整えて、この鉄のハンドルを時おり動かす、その程度です。何時間も一人孤独に過ごすという点をずいぶん重く見ておられるようですが、もう長年やってきて体に染みついたので、すっかり慣れっこになってしまいました。ここで言語もひとつ独習したくらいです。まあ目で覚えただけで、発音についてはだいたいのところを勝手に想像するしかなく、そういうのを「覚えた」と言えるかどうかわかりませんが。分数や小数も勉強しましたし、代数も少々齧《かじ》りましたけれども、小さいころから計算はどうも苦手です。勤務時間中はこの空気も湿った谷底を絶対に離れられないのかね、それともたまには岸壁をのぼって日なたに出られたりするのかい？　それはまあ時と場合によりますね。日によって列車の本数が少ないこともありますし、毎日昼夜ともにそういう時間帯があります。天気がよければ、たしかに折を見てこの暗い日陰から少しばかり上がっていったりもしますが、電気呼び鈴でいつ何時《なんどき》呼び出されるかわかりませんから、上に行けばいつにも増して耳を澄ましていなくちゃならんわけで、案外くつろげないものなんです。

男に連れられて詰所に入っていくと、暖炉と、記録帳に書き込みをするのに使う机と、電報の機械（ダイヤル、文字盤、針がある）、そしていま言っていた小さな呼び鈴があった。失礼ながら君はなかなか学があるのですね、正直言ってこの仕事には勿体ないくらいあるんじゃないですか、と私が（そう言っても侮辱にはなるまいと踏みながら）言うと、男はそれに答えて、そうした多少のずれは大きな組織ならまずどこでもふんだんに見つかるものです、と言った。救貧院、警察、さらにはあの最後の行き場たる軍隊でもそうだと聞いています。鉄道会社でも大きなところはどこも似たり寄ったりです。私も若いころは、（こんな小屋にいる身で信じていただければの話ですが——私自身ほとんど信じられやしません）科学を学んでおったものでして、いろいろ講義も聞いたのですが、やがて放蕩に溺れ、せっかくの機会もみすみす無駄にして、落ちるところまで落ちてそれっきり二度と上がれなかったのです。まあでも、愚痴を言うつもりはありません。身から出た錆ですから。もういまさら取り返しはつきません。

——かように私がまとめた話を、男は静かに、その重々しい暗いまなざしを私と暖炉とに均等にふり分けながら語ったのだった。「旦那《サー》」という言葉も時おり挟み、特に、若いころを物語る際には、自分はごらんのとおりの人間なのですと強調するかのように「旦那」も増えた。話の最中に何度か呼び鈴が鳴り、そのたびに男は話を中断してメッセージを読みとり、返答を送った。一度は詰所の外に立って、通過する列車に旗を上げ、運転士に向かって何か口頭でも通信を行なった。職務を遂行しているその姿を見る限り、きわめて几帳面で注意深い。単語の途中であっても話をやめ、任務を終えるまでは何も言わなかった。

要するに、この仕事を任せるにはまさに適任と思える人物だったわけだが、そんな男にも一点だけ気になるところがあった。私と話している最中に二度、いきなり顔色を変えて口を噤《つぐ》み、鳴ってもいない呼び鈴の方を向いて、体に悪い湿気が入らぬよう閉めきっている小屋の扉を開け、トンネル入口近くの赤い警告灯の方を見やったのである。どちらの場合にも、最初に斜面のずっと上から見たときにはっきり言葉にできぬまま私が感じとっていたあの不可思議な雰囲気を漂わせて、男は暖炉の前に戻ってきた。

そろそろ暇《いとま》を告げようと立ち上がりながら、私は「君の話を聞いていると、この暮らしにほとんど満足しているんじゃないかと思えてきますね」と言ってみた。

(これが相手を挑発するための一言だったことは、自分でも認めざるをえない。)

「前はたしかにそうだったのです」と男は、最初に口を開いたときと同じ低い声で言った。「ですがいまは、あることに悩まされているのです、旦那。私には悩みごとがあるのです」

できることならたったいま口にしたその言葉を撤回したいと思っている様子。だがもう手遅れである。私は間髪《かんはつ》を容れず問いを返した。

「どんなことだね？　どんなことに悩まされているのかね？」

「大変言いづらい話なのです、旦那。大変、大変語りにくい話なのです。もしもういっぺんおいでいただければ、お話ししてみてもいいですが」

「ぜひもう一度来ることにするよ。で、いつがいいかね？」

「明日の朝早く非番になりまして、明日の夜十時にまた参ります」

「では十一時に来よう」

男は私に礼を述べ、一緒に扉まで出てきた。「のぼる道に出られるまで、白い光を点けておきましょう」と彼はまたも妙に低い声で言った。「道が見つかっても、声を上げないでください！　そして上に着いたときも、声を上げないでください！」

その言い方で、何だかその場全体がひときわ寒々しくなった気がしたが、私はただ「わかった」とだけ答えた。

「そして明日の夜いらしたときも、声を上げないでください。最後にひとつお訊ねします。さっきはどうして『おーい！　そこの人！』とどなられたんです？」

「さあねえ」と私は言った。「何だかそんなようなことを言った気も——」

「そんなような、じゃありません、旦那。まさにそのとおりを仰有《おっしゃ》ったんです。私にはわかるんです、覚えのある言葉ですから」

「まさにそのとおり言ったことは認めよう。そう言ったのは、当然、下に君が見えたからだろうね」

「ほかに理由はありませんね？」

「ほかにどんな理由がありうるというのかね？」

「何か普通でない力で、その言葉が外から伝わってきたような気はしませんでしたか？」

「いいや」

男は別れの言葉を口にし、光を掲げてくれた。下りの線路ぞいを私は歩いていって（列車がうしろからやって来るような気がして非常に居心地が悪かった）、やがてさっきの道にたどり着いた。上がるのは下るより楽だった。私は何の厄介もなく宿屋に戻った。

翌日の晩、約束の時間どおり、ジグザグの坂道に最初の一歩を踏み入れると、遠くで時計が十一時を打った。男は斜面の下で白い光を点けて私を待っていた。「声は上げなかったよ。もう喋ってもいいかね？」と私はそばまで来てから言った。「結構ですとも、旦那」。「ではごきげんよう、ひとつ握手と行こう」。「ごきげんよう、旦那、握手と行きましょう」。こうして我々は並んで詰所に歩いていき、中に入って扉を閉め、暖炉の前に座った。

「もう肚《はら》を決めました」と男は、腰を下ろしたとたんに身を乗り出し、ほとんど囁くような声で話し出した。「私が何に悩まされているのか、改めてお訊ねいただくには及びません。私は昨日の夜、旦那を誰か別の人間と見間違えたのです。そいつに私は悩まされているのです」

「見間違えたことにかね？」

「いいえ、その誰か別の人間にです」

「誰なのかね、それは？」

「わかりません」
「私と似ているのかね？」
「わかりません。顔は見えませんでしたから。左腕で顔を覆って、右腕を振っているのですが、こんなふうに」

――激しく、こんなふうに」

男の動作を私は目で追った。それは、ひどく興奮し、必死に「どいてくれ、早く！」と伝えている腕の動きだった。

「月の出ている晩のことでした」と男は言った。「私がここに座っていると、叫び声が聞こえたのです。『おーい！　そこの人！』。ハッと飛び上がって扉から見てみると、その誰か別の人間がトンネル近くの警告灯の脇に立って、いまお見せしたように腕を振っていたのです。懸命に叫んだせいで嗄《か》れてしまったらしい声で、『危ない！　危ない！』と叫び、それからまた『おーい！　そこの人！　危ない！』。私はランプを手に取って、赤い光を点け、その人影の方に駆け出しながら、『どうしたんです？　何があったんです？　どこで？』と呼びかけました。人影はトンネルの闇のすぐ外に立っていました。近くへ寄っていっても、そいつがずっと袖で目を覆っているので何だか訳がわかりませんでした。すぐ前まで駆けよって、袖をどかそうと手をのばしたところで、人影が消えたのです」

「トンネルのなかにかね？」と私は訊いた。

「いいえ。私はトンネルのなかに入って、五百ヤード走りました。立ちどまってランプを頭上にかざしてみると、入口からの距離を書いた数字が見えたんです。湿ったしみが幾筋も壁を伝って流れ、丸い天井からもぽたぽた水が滴り落ちていました。入ってきたときよりもっと速く走って外に出て（何しろそこにいるのが嫌で嫌でたまりませんでしたから）、自分のランプの赤い光を掲げて、トンネル前の警告灯の周りを見渡し、鉄梯子を伝っててっぺんの足場まで行って、また降りてきて、駆け足でここに戻ってきました。上り下り両方の駅に電報を打ちました。『キケンノシラセアリ。ナニカアツタノカ？』。両方から返事が来ました――『イジョウナシ』。

凍った一本指に背骨をゆっくり撫でられる感触に抗《あらが》いながら、私は男に向かって、その人影はきっと錯覚の産物にちがいない、目の諸機能を司《つかさど》る繊細な神経を患《わずら》っているせいで人影が見えるというのはよくある話であって、人によってはそうした症状を自覚するに至る場合もあり、実験によってそれを再現してみせたりもするのだ、と言った。「架空の叫び声については」と私は言った。「こうやって二人でひそひそ話している最中、このおよそ自然とは言いがたい谷間に吹く風にしばし耳を澄ましてみたまえ。そして、風が狂おしいハープのようにかき鳴らす電線の響きにも」

仰有ることはよくわかります、と男は、二人でしばらくじっと耳を澄ました末に言った。風や電線のことなら、私も少しは知っています。長い冬の夜、何度も何度も、一人ここで見張りを務めてきたのですから。ですがまだ、話はまだ終わっていないのです。

これは失礼、と私が詫びると、男は私の腕に触れて、こうゆっくり付け足した――

「人影が現われてから六時間以内に、この路線の歴史に残る大事故が起きて、十時間以内に、死者や負傷者がトンネルの向こうから運び出されて、人影が立っていた地点を通っていったのです」

不快な戦慄が湧き上がってきたが、私は精一杯それに抗った。たしかに驚くべき偶然だとは認める、と言葉を返した。それが君の心に強く残ったのも無理はない。しかし、驚くべき偶然というものが日夜起きていることは疑いない事実であって、こうした出来事を考える上でもそのことを勘定に入れねばならない。まあたしかに――と私は（いまにも男が反論しようとしているように見えたので）言い足した――常識ある人間であっても、日常をめぐるさまざまな計算を行なう際に偶然というものを軽視しがちなことは認めざるをえないがね。

男はふたたび、話はまだ終わっていないのです、と言った。

私はふたたび、つい口をはさんだことを詫びた。

「これがちょうど一年前のことです」と男は、もう一度片手を私の腕に添えて、虚ろな目でちらっとうしろをふり返りながら言った。「それから半年かそこらが過ぎ、私も驚きとショックから立ち直りました。そしてある朝、夜が明けるころ、扉のところに立って赤い警告灯の方を見てみると、またあの亡霊が見えたのです」。男はそこで言葉を切り、私をじっと見据えた。

「そいつは声を上げたかね？」

「いいえ。何も言いませんでした」

「腕は振ったかね？」

「いいえ。警告灯の柱に寄りかかるようにして、両手を顔の前に出していました。こんなふうに」

　今度もまた、私は男の動作を目で追った。それは喪《も》のしぐさだった。墓石に刻まれた人の像にそういう姿勢を見たことがある。

「そいつの方に行ってみたかね？」

「小屋のなかに戻って腰を下ろしました。気持ちを落着かせたかったし、眩暈《めまい》もしてきたものですから。もう一度扉まで出てみると、陽はもう昇っていて、幽霊は消えていました」

「でも、何も起きなかったのかね？　それとも何かあったのか？」

　男は人差指で私の腕に二度か三度触れ、そのたびに何とも不気味に首を縦に振った。

「まさにその日、トンネルから列車が出てきたところで、ある客車のこちら側の窓に、いくつもの手や頭がこんがらがっているのが見え、何かが振られているのが見えました。止まれ！　と運転士に合図するのにぎりぎりのタイミングでした。運転士はエンジンを止めてブレーキをかけましたが、列車はここを抜けてそのまま一五〇ヤードばかり滑っていきました。私があとを追うと、走っているさなかに恐ろしい悲鳴や叫び声が聞こえてきました。あるコンパートメントで、若く美しい女性が即死したのです。この小屋に運び込まれて、まさにここの、私と旦那のあいだの床に横たえられました」

私は思わず椅子をうしろに押し、男が指さした床板から目を上げた。

「本当です、旦那。本当なんです。起きたことをそのままお話ししているのです」

私は何も言うことが思いつかなかった。口がからからに渇いていた。風と電線が、話を引き継ぐかのように長い慟哭《どうこく》の叫びを上げた。

男はふたたび口を開いた。「お聞きください、お聞きになって、私の心がどれほど苛《さいな》まれているかご判断ください。つまり――亡霊が一週間前に戻ってきたのです。以来ずっと、切れぎれに何度もあそこに現われているのです」

「あの光のところに？」

「ええ、あの警告灯のところに」

「何をしている様子なのかね？」

男はもう一度、さっきよりいっそう激しい興奮と必死さで、「どいてくれ、早く！」のしぐさを繰り返した。

そして彼は続けた。「一瞬たりとも心が安らぎません。何分もずっと、そいつは私に呼びかけるのです、苦悶に満ちた様子で、『そこの人！　危ない！　危ない！』と。立って私に手を振るのです。そして呼び鈴を鳴らし――」

その一言に私は飛びついた。「昨日の夜、私がここにいたときにもそいつは呼び鈴を鳴らして、君はそのたびに扉の方へ行ったかね？」

「はい、二度」

「ほうらね」と私は言った。「やっぱり君の想像の仕業さ。私の目は呼び鈴に向いていたし、耳も呼び鈴に向かって開いていた。そして、この命に誓って言うが、二度とも呼び鈴は鳴らなかった。そうとも、ほかの場合も同じさ、駅から通信が来て物理の法則どおりに鳴ったとき以外は全部気のせいなのさ」

男は首を横に振った。「旦那、私はそういうことを間違えたりはしません。亡霊が鳴らしたのと、人間が鳴らしたのを混同したことは一度もありません。亡霊が鳴らすときは、まさに亡霊そのものから伝わってくる奇妙な振動であって、呼び鈴が動くのが目に見えるとは申しておりません。旦那にそれが聞こえなかったのも無理はありません。ですが私には聞こえたのです」

「で、外を見たら亡霊がいるように思えたのかね？」

「いたんです」

「二度とも？」

男はきっぱり私の言葉を繰り返した――「二度とも」

「いま私と一緒に行って、見てみてくれるかね？」

いささか気が進まぬ様子で男は下唇を噛んだが、結局立ち上がった。私は扉を開けて踏み段に立ち、男は戸口に立った。警告灯が見えた。トンネルの陰鬱な入口が見えた。切り通しの湿った岩壁が高くそびえていた。その上に星が出ていた。

「見えるかね？」と私は、男の顔にとりわけ注意を払いながら訊いた。目が飛び出し、張りつめた表情が浮かんでいたが、たぶん昨夜私が同じ地点をじっくり見やったときの目もさして変わりはしなかっただろう。

「いいえ、見えません」と男は答えた。

「そのとおり」と私は言った。

我々は詰所のなかに戻って、扉を閉め、ふたたび腰を下ろした。いまの好結果――と呼べるかどうかもよくわからなかったが――をどう活用したものかとこっちが思案していると、男がさも当然のように、我々のあいだで事実をめぐる疑いなどありえぬかのような口調で話を続けたものだから、私の方が弱い立場に置かれた気にさせられてしまった。

「これでもうおわかりいただけたでしょう、旦那」と彼は言った。「私をひどく悩ませているのが、『亡霊は何を言おうとしているのか？』という問いだということが」

どういうことかね、よくわからないね、と私は答えた。

「あれは何の警告なのか？」と男は思いに沈みながら言って、目を暖炉に据え、私のことは時おり、思い出したように見るだけだった。「どんな危険なのか？　危険はどこにあるのか？　路線のどこかに危険が差し迫っている。何か恐ろしい惨事が起きるのです。いままで二度あったことから見て、今回も疑いの余地はありません。ですがこんなふうに出てこられては、私には何とも酷な話です。どうすればいいというのです？」

男はハンカチを取り出し、熱っぽい額に浮かぶ滴《しずく》を拭《ぬぐ》った。

「上りか下りの駅に、あるいは両方に、〈キケン〉と電報を送ろうにも、理由を説明することはできません」と男は両の手のひらを拭いながら続けた。「面倒なことになるのがおちで、何の役にも立ちません。狂人扱いされるだけです。きっとこんなふうですよ。通信――『キケン！　チユウイセヨ』。返信――『ナンノキケンカ？　ドコカ？』。通信――『ワカラナイ。デモタノムカラチユウイセヨ！』。私は馘首《くび》でしょうよ。向こうだってほかにどうやりようがあります？」

男の煩悶は見ていて何とも痛ましかった。良心的な人間が、人の生命を左右する不可解な責任を負わされ、耐えがたいほど圧迫されている。拷問と言うほかない。

「警告灯の下に初めてあれが現われたとき」と男は話を続け、黒い髪をうしろへ撫でつけ、狂おしい苦悩を極まらせて両手で何度も額をこすった。「起きねばならぬのなら、事故が起きるとなぜ言ってくれなかったのか？　避けられるものなら、どうやったら避けられるかなぜ言ってくれないのか？　二度目に現われたときも顔を隠しているばかりで、なぜ言ってくれぬのか、『彼女は死ぬのだ、家から出すな』と？　二度とも、単に警告が嘘ではないことを伝えるばかりで、三度目への心構えをさせただけでした。いっそ今度ははっきり警告してくれればいいじゃありませんか？　ああ、神よ、私を救いたまえ！　この辺鄙な信号所に据え置かれた一介の信号手たる私を！　人に信用してもらえるだけの人望と、行動できるだけの力を持った者のところに行ってくれればいいのに！」

男のこうした有様を見た私は、この哀れな人物のために、そして公共の安全のためにも、当面自分がなすべきは、彼の気持ちを落着かせることだと思った。現実か非現実かといった我々二人の問題は棚上げにして、私は説いた。任務をきちんと果たしている人間は立派に世の役に立っているはずだ、少なくとも君は、この訳のわからぬ亡霊とやらは理解できずとも自分の義務は理解しているではないか、それだけでも大きな慰めではないか、と。この説得は、男の妄信を解こうとしたときよりもずっとうまく行った。男は見るからに落着いてきた。夜も更けるにつれ、仕事もいろいろ増えてきて、彼としても職務に集中せざるをえなかった。私は午前二時に彼の許《もと》を去った。夜通しつき合うと申し出たのだが、男は頑として聞かなかったのだ。

坂道をのぼりながら自分が警告灯の赤い光の方を一度ならずふり返ったこと、赤い光に嫌な感じを抱き、あんなものが寝床の上にあったらろくに眠れないだろうと思ったことを隠すつもりはない。そして、事故、若い女性の死という連鎖に嫌な感じを抱いたことも隠すつもりはない。

だが、何より私の胸にあったのは、このような話を打ち明けられた身として、自分はどうふるまうべきか？という問いであった。男が聡明で、警戒を怠らぬ、勤勉で几帳面な人間であることはすでにこの目で見てきた。だがあのような精神状態では、いつまでそうしたままでいられるだろう？　地位としては高くなくとも、重い責任を担っている身である。たとえば私自身、彼がその責任を正確に履行しつづけるという方に自分の命を賭けることができようか？

まずは男と腹蔵なく話しあって妥当な道を探ることもせずに、彼から聞いた話を鉄道会社の上司に伝えるのはどこか裏切りだという思いを私は捨てきれなかった。私は結局、この近所で一番良さそうな医者のところに一緒に行ってあげよう、意見を聞かせてもらうといい、と申し出てみることに決めた。それ以外はひとまず、この一件は秘密にしておこうと思った。男の次の勤務は翌日の夜にはじまるとさっき本人から聞いている。これから陽が昇ったら一、二時間で非番になって、陽が暮れてまもなくまた仕事に戻るのだ。そのころにもう一度来ると私は男に告げた。

翌日の晩は何とも爽やかな晩で、私はその快さを満喫しようと早めに宿を出た。深い切り通しのてっぺん近くまでつながった山道を抜けているときも、陽はまだ完全に沈んでいなかった。私は散歩を一時間引きのばすことにした。三十分行って、三十分で帰ってくる。そうしたらちょうどわが信号手の詰所を訪れる時間である。

散歩を続ける前に、崖の縁まで歩み出て、初めて男を見た位置から、何も考えずに下を見てみた。そのとき襲われた戦慄を、どう言い表わしたらいいか私にはわからない——トンネルの入口近くに人の影が見えて、左の袖で目を覆い、懸命に右腕を振っていたのである。

私を圧迫した名状しがたい恐怖は、次の瞬間過ぎ去った。というのも、次の瞬間私は、その人の影が、事実人であることを見てとったのである。加えて、そばに何人かの男たちが集まっていて、最初の男は皆に向かってさっきのしぐさを繰り返しているらしい。警告灯はまだ灯っていない。警告灯の柱に立てかけるようにして、昨日まではなかったちっぽけな間に合わせの小屋が、何本かの支柱と防水布を使って作ってあった。ベッドとさして変わらぬ大きさに見えた。

何かあったのだ、という抑えがたい思いを抱えて――私が男をあそこに一人置き去りにし、彼の行ないを監督、矯正する人間を送らなかったせいで致命的な災いが起きたのだ、という自責の念を伴った恐怖が一気に湧いてきて――私は全速力で細い坂道を降りていった。

「どうしたのかね?」私は男たちに訊ねた。

「信号手がけさ事故死したんです、旦那《サー》」

「そこの詰所の男じゃないだろうね?」

「まさにその男です」

「私が知っている男じゃないだろうね?」

「ご存知なのでしたら、ごらんになればわかりますよ」と皆を代表して答えている男は言い、重々しく自分の帽子を脱ぎながら、防水布の一端を持ち上げた。「顔は少しも歪んでおりませんから」

「ああ、いったい何があったんだ、何があったんだ？」と私は、布がふたたび閉じられるとともに、一人ひとりの顔を見ながら訊いた。

「機関車にはねられたのです、旦那。イングランド中、この男ほど自分の仕事を知り尽くしている者はおりませんでした。それがなぜか、外側のレールから出ていなかったのです。陽もすっかり出ておりました。男は明かりの点いたランプを手に持っていました。機関車がトンネルから出てきたとき、背を向けていて、機関車にはねられたのです。そこにいるのが機関車を運転していた男でして、いまも皆にそのときの様子を説明していたところです。トム、旦那にもご説明しなさい」

粗末な黒っぽい服を着たその男は、さっきいたトンネルの入口に戻っていった。

「トンネルのカーブを曲がってきたところでした」と男は言った。「そうしたらトンネルの端にあの男が見えたんです、ちょうど望遠鏡で覗いたみたいな按配に。速度を落とす時間はもうありませんでしたし、あの男が実に注意深い人間だということは承知しておりました。ところが、警笛を鳴らしてもまるで耳に入っていない様子なので、どんどん迫っていくなかで警笛を止め、精一杯の大声で呼びかけたんです」

「何と言ったのかね？」

「『そこの人！　危ない！　危ない！　どいてくれ、早く！』と言いました」

私はぎょっとした。

「ああ！　恐ろしかったですよ、旦那。最後まで男に呼びかけたんです。見るのが怖くて腕で目を覆って、こっちの腕は最後の最後まで振っていたんですが、駄目でした」

この話をめぐる奇妙な点について一つひとつくどくど言うつもりはないが、最後に一点だけ、ある偶然について触れておきたい。機関士の発した警告には、不幸な信号手が己にとり憑いて離れぬと私に訴えていたあの言葉のみならず、彼ではなく私が、しかも私の胸のうちのみで、彼が真似てみせたしぐさと結びつけていた言葉も含まれていたのである。

しあわせな王子
The Happy Prince
（1888）

オスカー・ワイルド
Oscar Wilde

都会のはるか上、高い円柱のてっぺんに、しあわせな王子の像が立っていた。からだじゅう、うすい金箔につつまれて、目はまばゆいサファイアふたつで、剣の柄《つか》にはおおきなあかいルビーがひかっていた。

だれもがかれをほめそやした。「風見鶏に負けずうつくしい」と、芸術的センスがあるという評判をえたいとおもっている市議会議員が言った。「まあ風見鶏ほど役にはたたないが」と議員は言いたした。実際的でない人だと見られては困るともおもったのである。じじつかれは、実際的なひとであった。

「どうしてしあわせな王子みたいになれないんだい?」と、分別ある母親が、月をほしがって泣くおさない息子に言った。「しあわせな王子は、なにかをほしがって泣くなんて、かんがえもしないよ」

「世の中に、だれかほんとうにしあわせなひとがいてよかったよ」と人生に失望した男が、立派な像をじっと見ながらつぶやいた。

「天使みたいだねえ」と、あかるい紅《くれない》の外套やまっしろなエプロンに身をつつんだ慈善学校の子どもたちが、大聖堂から出てきながら言った。

「どうしてわかるのかね?」と、数学の先生がきいた。「君たち、天使なんか見たことないじゃないか」

「いいえ！　夢のなかで見ましたとも」と子どもたちはこたえた。すると数学の先生は眉をひそめ、ひどくこわい顔になった。子どもたちが夢を見るのを良くおもわない先生だったのである。

ある晩、街の上空を、ちいさなツバメが飛んできた。仲間たちは六週間前にエジプトへむけて発っていたが、このツバメはだれよりもうつくしい葦に恋をしていたので、ここにとどまったのだった。葦に出あったのは、春になってまもなく、おおきなきいろい蛾を追って川を下っていたときのことで、葦のほっそりした腰にツバメはすっかり魅いられ、飛ぶのをやめてかの女に声をかけたのである。

「きみのこと、愛そうか?」と、ツバメは言った。すぐ要点にはいることを好むツバメだったのである。すると葦はかれにむかってふかぶかとおじぎをした。そうしてツバメはかの女のまわりをぐるぐる飛んで、翼で水をかすめ、銀色のさざ波をたてた。これがツバメの求愛であり、それは夏のあいだずっとつづいた。

「あんなもの愛してどうするのかね」と、ほかのツバメたちはさえずった。「金もないし、だいたい親戚がおおすぎるじゃないか」。そのとおり、川はそこらじゅう葦でいっぱいだった。やがて秋になると、ツバメたちはみんな飛びたっていった。

仲間がいなくなってしまうと、ツバメはさみしくなって、恋人にもだんだん倦《う》んできた。「ぜんぜんしゃべらないんだもの」とツバメは言った。「それにかの女、男たらしじゃないかなあ。いつも風といちゃついてるんだもの」。たしかに、風がふくたび、葦はこのうえなく優美に身をかがめておじぎをしてみせた。「家庭的だとはみとめるけど」とツバメはさらに言った。

「ぼくは旅行が好きだから、お嫁さんになるひとも、旅行好きじゃないとね」

「ぼくといっしょに来てくれる?」と、ツバメはとうとう葦に言ったが、葦は首を横にふった。故郷にしっかり根をおろしている葦だったのだ。

「ぼくとのこと、遊び半分だったんだね」とツバメはさけんだ。「ぼくはピラミッドにむけて発つ。さようなら!」そう言ってツバメは飛びさった。

一日じゅう飛びつづけて、日がくれたころ都会に着いた。「どこに宿をとろうかな」とツバメは言った。「街がちゃんと用意してくれているといいけど」

やがてツバメは、高い円柱の上の像を目にとめた。

「あそこに泊まろう」とツバメはさけんだ。「あそこなら新鮮な空気もたっぷりあるし、うってつけだ」。そうしてツバメは、しあわせな王子の両足のあいだに降りたった。

「こいつはすばらしい寝室だ」とツバメは、あたりを見まわしながらひとりつぶやき、寝じたくにとりかかった。ところが、頭を翼の下にたくし込もうとしたところで、おおきなしずくが一滴、上から降ってきた。「おかしいなあ!」とツバメはさけんだ。「空には雲ひとつないし、星はくっきりあかるくひかってるのに、雨が降ってるだなんて。ヨーロッパの北の気候はほんとにひどいなあ。葦は雨が好きだったけど、あれはただの自分勝手だよな」

と、もう一滴しずくが降ってきた。

「雨もふせいでくれないんじゃ、彫像なんてなんになる?」とツバメは言った。「まともな煙突をさがさなくちゃ」そう言ってツバメは、飛びさることにした。

けれども、翼をひろげる間もなく、三滴目が降ってきて、ツバメが上を見てみると、そこには——さて、なにが見えたのか?

しあわせな王子の目に、涙がいっぱいたまっていて、それが金色のほおをつたってながれおちていた。月の光をあびたその顔はこのうえなくうつくしく、ちいさなツバメの胸に、同情のおもいが満ちた。

「あなたはだれ?」とツバメは言った。

「わたしはしあわせな王子」

「じゃあなぜ泣いてるの?」とツバメはたずねた。「おかげでぼく、ずぶ濡れだよ」

「わたしが生きていて、ひとのこころがあったとき」と、像はこたえた。「涙とはなんなのか、わたしは知らなかった。かなしみを閉めだした〈憂いなしの宮殿〉で、わたしはくらしていた。昼は仲間と庭であそび、夜は大広間で舞踏会の先頭に立った。庭にはとてもたかい塀がめぐらされていたが、そのむこうになにがあるのか、問いもしなかった。身のまわりのなにもかもが、あまりにうつくしかったのだ。お付きの者たちからはしあわせな王子と呼ばれ、じじつわたしはしあわせだった——もしも快楽がしあわせであるなら。そうしてわたしは生き、そうして死んだ。死んでしまったいま、こんなにたかいところに据えられて、わたしの街にはびこるみにくさ、みじめさがすべて見えるようになった。こころは鉛でできているけれど、わたしは涙をながさずにはいられない」

「何と！　このひとは純金ではないのか？」とツバメは胸のうちで言った。礼儀ただしい、ひとのからだについて口に出したりはしないツバメだったのである。

「はるかとおく」と像は、ひくい、歌のような声でつづけた。「はるかとおく、狭い通りに、貧しい家がある。窓がひとつ開いていて、そのなかに、食卓にむかっている女がひとり見える。顔は痩せこけ、手は荒れてあかく、いちめんに針の刺し跡がある。この女はお針子なのだ。いま女は、女王のいちばんうつくしい侍女が次の宮廷舞踏会に着ていくサテンのガウンに、パッションフラワーの刺繍《ししゅう》をしている最中だ。部屋の隅には、女のおさない息子が、病気で寝ている。子どもは熱を出していて、オレンジがほしいと言っている。母親から川の水しかもらえないので、子どもは泣いている。ツバメよ、ツバメよ、ちいさなツバメ、この剣の柄のルビーを、あの女にもっていってくれまいか？　わたしは足がこの台座に留められていて、うごけないのだ」

「仲間がエジプトで待ってるんです」とツバメは言った。「みんなナイル川の上を飛びかって、おおきなスイレンの花とおしゃべりしています。じきにみんな、えらい王さまのお墓にはいってねむるはずです。王さまそのひとは、色をぬったひつぎにはいっているんです。きいろい亜麻布につつまれて、お香をたきこめてあります。首にはうすみどりの翡翠《ひすい》の首輪がかかっていて、両手はしなびた木の葉のようです」

「ツバメよ、ツバメよ、ちいさなツバメ」と王子は言った。「一晩わたしのもとにとどまって、わたしの使者をつとめてくれまいか？　男の子はとてものどがかわいていて、母親はとてもかなしんでいるのだ」

「男の子ってあんまり好きじゃないなあ」とツバメは答えた。「この夏、ぼくが川でくらしていたとき、ガラのわるい男の子が二人いたんです。二人とも粉屋のせがれで、いつもぼくに石を投げつけました。もちろん、一度だって当たりゃしません。ぼくたちツバメは飛ぶのがじょうずだから、当たりっこありません。それにぼく、すばしっこいので有名な家系なんです。でもやっぱり、そういうのって失礼千万ですよね」

けれどしあわせな王子が、あまりにかなしそうなものだから、ちいさなツバメはきのどくになってきた。「ここはすごくさむいけど」とツバメは言った。「一晩あなたのもとにとどまって、あなたの使者をつとめます」

「ありがとう、ちいさなツバメ」と王子は言った。

こうしてツバメは、王子の剣からおおきなルビーをはずして、くちばしにくわえ、街の家並の上を飛んでいった。

とちゅう、しろい大理石の天使たちが彫刻されている、大聖堂の尖塔のそばをとおった。宮殿のそばもとおって、舞踏会のざわめきを聞いた。うつくしい娘が、恋人といっしょにバルコニーに出てきた。「星がなんてすてきなんだろう！」と恋人は娘に言った。「恋の力って、なんてすてきなんだろう！」

「あたしのドレス、大舞踏会にまにあうといいけど」と娘は言った。「パッションフラワーの刺繍を注文したんだけど、お針子ってみんな、ほんとになまけ者で」

ツバメは川の上を越え、ならぶ船のマストからランタンが下がっているのを見た。ユダヤ人街の上を越え、年老いたユダヤ人たちがたがいに値切りあい、銅の秤《はかり》でお金の目方をはかるのを見た。やっとめざす貧しい家に着いて、なかをのぞいてみた。男の子は熱にうなされ寝床の上でのたうち、母親はつかれはてて寝いっていた。ツバメはぴょんとなかに飛びこんで、テーブルの上、指貫《シンブル》のかたわらにおおきなルビーを置いた。それから、ベッドのまわりをやさしく飛びまわって、翼で男の子の額をあおいでやった。「とってもすずしい！」と男の子は言った。「きっとぼく、よくなってきたんだね」。そうして男の子は、甘美なまどろみにおちていった。

やがてツバメは、しあわせな王子のもとに飛んでかえり、自分がしたことを報告した。「ふしぎなんですけど」とツバメは言った。「こんなにさむいのに、ぼく、からだがすごくあたたかいんです」

「それは、よいおこないをしたからだよ」と王子は言った。ちいさなツバメはちょっとかんがえかけたが、じきねむりにおちた。かんがえると、いつもねむくなるツバメだったのだ。

夜があけると、ツバメは川に飛んでいって、水あびをした。「なんとめずらしい現象！」と橋の上をとおりかかった鳥類学の教授が言った。「冬のツバメとは！」。そうして教授は、そのことについてながい投書を、地元の新聞社におくった。だれもがその記事のことばを口にした。わからない単語が、たくさんある記事だったのである。

「今夜エジプトに行くんだ」とツバメは言った。そう思うとワクワクした。ツバメは有名な建造物を見てまわり、教会の尖塔の上にながいこととまっていた。どこへ行ってもスズメたちがチュンチュンさえずり、たがいに「なんとりっぱなお方だろう！」と言いあったので、ツバメはおおいに気をよくした。

月がのぼると、ツバメはしあわせな王子のもとに飛んでかえった。「エジプトになにかことづてはありますか？」とツバメはさけんだ。「ぼく、もう旅だつんです」

「ツバメよ、ツバメよ、ちいさなツバメ」と王子は言った。「もう一晩わたしのもとにとどまってくれまいか？」

「エジプトで仲間が待ってるんです」とツバメはこたえた。「明日になれば友だちはみんな大《だい》瀑布《ばくふ》へ飛んでいきます。カバたちがパピルスにうもれて横たわり、おおきな花崗岩の王座にはメムノン神がすわっています。メムノンは一晩じゅう星を見つめ、明けの明星がひかるとよろこびの声を一声あげて、あとはもうなにも言いません。正午になるときいろい獅子が水をのみに川辺に降りてきます。獅子たちは緑柱石《ベリル》のような目をしていて、そのほえ声は大瀑布のとどろく音よりもおおきいんです」

「ツバメよ、ツバメよ、ちいさなツバメ」と王子は言った。「はるかとおく、街のむこう側、屋根裏部屋にひとりの若者がわたしには見える。若者は原稿のちらばった机にかじりつき、かたわらのコップには、しおれたスミレがひとたばさしてある。若者の髪はちゃいろでこまかくちぢれ、くちびるはざくろのようにあかく、おおきな、夢みる瞳をしている。劇場支配人に見せるお芝居を若者は書きおえようとしているのだが、さむさのせいで、もうこれ以上書けない。暖炉に火はなく、空腹のあまり、いまにも卒倒しそうになっている」

「あと一晩あなたのもとで待ちましょう」とツバメは言った。ほんとうはこころやさしいツバメだったのだ。「またルビーをもっていきましょうか?」

「ああ! もうルビーはないのだ」と王子は言った。「わたしにはもう目しかのこっていない。この目はたぐいまれな、千年前にインドからもち出されたサファイアでできている。片方をもぎとって、若者にもっていってやりなさい。宝石商に売って、たきぎを買って、お芝居をしあげられるだろう」

「王子さま、それはできません」とツバメは言って、しくしく泣きだした。

「ツバメよ、ツバメよ、ちいさなツバメ」と王子は言った。「わたしの命じるとおりにしなさい」

そうしてツバメは王子の目をもぎとって、若き学徒の屋根裏部屋に飛んでいった。屋根に穴があいていたので、はいるのはわけなかった。穴から飛びこんで、部屋にはいった。若者は両手で顔をおおっていたので、鳥の羽ばたきが聞こえなかった。顔をあげると、しおれたスミレの花たばの上に、うつくしいサファイアがのっていた。

「ぼくは、みとめられてきているのだ」と若者はさけんだ。「これはだれか、ぼくの大ファンがもってきたにちがいない。これでお芝居を書きおえられる」。かれはひどくうれしそうな顔をしていた。

翌日、ツバメは波止場まで飛んでいった。おおきな船のマストにとまって、船乗りたちが縄をあやつって船倉《ふなぐら》からおおきな箱を引っぱりあげるのをながめた。「それ引け！」と彼らは、箱がまたひとつあがってくるたびにさけんだ。「ぼく、エジプトに行くんだよ！」とツバメはさけんだが、だれも気にかけず、月がのぼるとツバメは王子のもとに飛んでかえった。

「お別れをつげにきました」とツバメは言った。

「ツバメよ、ツバメよ、ちいさなツバメ」と王子は言った。「もう一晩、わたしのもとにとどまってはくれまいか？」

「もう冬です」とツバメはこたえた。「つめたい雪がもうじきやってきます。エジプトではみどりの椰子の木に陽がてりつけ、ワニたちがどろのなかに横たわって、ものうげにあたりを見まわします。ぼくの仲間たちはバールベクの神殿に巣をつくっているところで、ピンクとしろのハトたちがそれを見まもりながら、たがいにクークー声をかけあっています。王子さま、もうおいとませねばなりません、でも王子さまのことはけっしてわすれません、そして来年の春には、あげてしまったふたつのかわりになるうつくしい宝石をふたつ、おとどけにあがります。ルビーはあかいバラよりもあかく、サファイアは大海原のようにあおいことでしょう」

「下の広場に」としあわせな王子は言った。「マッチ売りの少女が立っている。道ばたの溝にマッチをおとしてしまって、マッチはみんな、つかいものにならなくなってしまった。お金をもたずに家にかえったら、父親にぶたれるから、女の子は泣いている。靴も靴下もなく、頭もむきだしだ。わたしのもうひとつの目をもぎとりなさい、そうしてあの子にあげなさい、そうすれば父親にぶたれずにすむ」

「もう一晩あなたのもとにとどまります」とツバメは言った。「けれどあなたの目をもぎとることはできません。そうしたらあなたは、なにも見えなくなってしまいます」

「ツバメよ、ツバメよ、ちいさなツバメ」と王子は言った。「わたしの命じるとおりにしなさい」

　そうしてツバメは王子のもうひとつの目をもぎとり、それをくわえて広場にまいおりていった。マッチ売りの少女のかたわらをすっとぬけて、少女の手のひらに宝石をすべりこませた。

「なんてきれいなガラス玉かしら！」と少女はさけんだ。そうして笑い声をあげながら家にかえっていった。

　それからツバメは王子のもとにもどって行った。「これであなたは目が見えなくなってしまいましたから」とツバメは言った。「ぼくはずっとあなたのもとにとどまります」

「いや、ツバメよ」とあわれな王子は言った。「おまえはエジプトに行かなくては」

「ずっとあなたのもとにとどまります」とツバメはいって、王子の足もとでねむった。

つぎの日ずっと、ツバメは王子の肩にとまって、見知らぬ異国で見てきたものたちのことをかたった。ナイルの川辺にながい列をなしてならび、くちばしで金の魚をつかまえるあかいトキたちのことをかれはかたった。世界それじたいとおなじくらい老いた、砂漠にすむ、なにもかも知っているスフィンクスのことをかたった。ラクダのかたわらをゆうゆうとあるき、琥珀《こはく》のビーズを手にもっている商人たちのことをかたった。黒檀《こくたん》のようにくろいからだで、おおきな水晶をあがめる、月の山の王のことをかたった。椰子の木のなかでねむり、二十人の僧侶がハチミツ菓子をあたえるおおきなみどりの蛇のことをかたった。おおきな平たい葉にのって広い湖をわたり、いつも蝶たちとあらそっているピグミーのことをかたった。

「いとしいちいさなツバメよ」と王子は言った。「おまえはおどろくべきものたちのことをはなしてくれる、だがなによりもおどろくべきなのは、人びとのくるしみだ。みじめなくらしよりおおきな神秘はない。わたしの街の上を飛んでみなさい、ちいさなツバメよ、そしてなにが見えたかはなしておくれ」

そうしてツバメはおおきな街の上を飛び、金持ちがうつくしい屋敷でうかれさわいでいるさなか、物乞いたちがその門のまえにすわりこんでいるのを見た。うすぐらい横町にはいって、飢えた子どもたちのしろい顔が、まっくらな通りを力なく見ているのを見た。橋のアーチの下で、おさない男の子が二人、暖《だん》をとろうとだきあっていた。「お腹がすいたねえ！」と男の子たちは言った。「ここで寝ちゃいかん」と夜警の男にどなられて、二人はとぼとぼ雨のなかに出ていった。

そうしてツバメは飛んでもどり、なにが見えたかを王子にはなした。

「わたしは金箔でおおわれている」と王子は言った。「これを一枚一枚はがして、まずしい者たちにあたえておくれ。生きている者たちはいつも、金《きん》があればしあわせになれると思っている」

金箔を一枚一枚ツバメははがしていき、とうとうしあわせな王子はなんともさえない、灰色の姿になった。金箔一枚一枚をまずしい者たちにもっていくと、子どもたちの顔にあかみがさし、彼らは笑い声をあげ、通りであそんだ。「やっとパンが！」とかれらはさけんだ。

そうして雪がやってきて、雪のあとには霜が来た。街路は銀でできているみたいになって、ひどくあかるくきらきらひかった。ながいつららが、水晶の短剣のように軒さきからたれさがり、だれもが毛皮を着てあるき、ちいさな男の子たちは、緋色の帽子をかぶって氷の上でスケートをした。

あわれなツバメはどんどんさむくなっていったが、王子のもとを去ろうとはしなかった。それほどまでに王子を愛していたのだった。パン屋が見ていないすきをねらって店先からパンくずをひろい、翼をはばたかせて暖をとろうとつとめた。

けれどとうとう、自分はもう死ぬのだとツバメはさとった。かろうじて、王子の肩にもう一度だけ飛んでいく力がのこっていた。「さようなら、王子さま！」とツバメは小声で言った。「王子さまの手にキスしてもいいですか？」

「おまえがやっとエジプトに行くことになってよかった、ツバメよ」と王子は言った。「おまえはここにながくとどまりすぎたからね。だが、わたしのくちびるにキスしておくれ、わたしはおまえを愛しているのだから」

「ぼくが行くのはエジプトではありません」とツバメは言った。「ぼくは死の館に行くのです。死はねむりの兄弟でしょう？」

そうしてツバメは王子さまのくちびるにキスをして、その足もとでたおれて死んだ。

その瞬間、彫像のなかからパリッと、なにかがこわれたような、みょうな音が聞こえた。それは、鉛の心臓がまっぷたつに割れた音だった。たしかにその年は、霜がおそろしくきびしかったのだ。

翌朝はやく、市長がその下の広場を、市議会議員たちをしたがえてあるいていた。円柱の前をとおりかかったところで、市長は彫像を見あげた。「おやおや！　しあわせな王子ときたら、なんとみすぼらしく見えることよ！」

「いやまったく、じつにみすぼらしい！」と、いつもかならず市長に賛成する市議会議員たちは言った。見てみようと、かれらは柱をのぼっていった。

「剣からルビーがとれて、目もなくなって、もはや黄金のからだでもない」と市長が言った。

「というか、これじゃ物乞いと変わりゃせん！」

「物乞いと変わりゃせんですな」と市議会議員たちは言った。

「しかも足もとには、鳥の死骸が」と市長はなおも言った。「これはひとつ、布告を出さないといかん、鳥はここで死ぬべからず、と」。そうして市の書記官が、この提案をメモした。

そうしてしあわせな王子は、柱から下ろされた。「もはやうつくしくないから、もはや役にたたない」と、大学の芸術学教授が言った。

それから彫像は炉で溶かされ、この金属をどうすべきかきめようと、市長は自治体の会合をひらいた。「もちろん、もうひとつ彫像をつくらねばならん」と市長は言った。「今度はわしの像だ」

「わしの像だ」と市議会議員たちは口々に言い、喧嘩になった。このあいだ聞いたところでは、いまだに喧嘩しているということだった。

「こいつはどうにもみょうだ！」と、鋳造所の親方が言った。「この割れた鉛の心臓、炉に入れても溶けないぞ。すてるしかないな」。そうしてかれらはその鉛を、ゴミの山の、死んだツバメも横たわっているところにすてた。

「街でいちばんとおといものを、ふたつもってきなさい」と、神が天使たちのひとりに言った。

天使は鉛の心臓と鳥の死骸をもってきた。

「おまえはただしいものをえらんだ」と神は言った。「わたしの楽園の庭で、この鳥はいつまでもうたい、わたしの黄金の街で、しあわせな王子はわたしをたたえることだろう」

猿の手
The Monkey's Paw
（1902）

W・W・ジェイコブズ
W. W. Jacobs

I

外は寒い夜で、雨も降っていたが、レークスナム荘の小さな居間ではブラインドが下ろされ、暖炉はあかあかと燃えていた。父と息子がチェスをしているのだが、父の方はこのゲームに関し過激な見解を有しているせいで、キングを甚大かつ不要な危険に陥れたため、暖炉のそばで静かに編み物をしていた白髪の老婦人までが口をはさむこととなった。

「風の音を聴いてごらん」とホワイト氏は、致命的な過ちに気がついたものの時すでに遅く、息子が気づくのを邪魔しようと愛想よく言ってみた。

「聴いてますよ」と息子の方は、厳《いか》めしい顔で盤面を見渡しながら片手をつき出した。「王手《チェック》」

「今夜はもうあの男、来そうにないな」と父親が、片手を盤の上に浮かせて言う。

「詰み《メイト》」と息子が答えた。

「田舎暮らしはこれだから嫌だ」とホワイト氏が出し抜けに声を張り上げた。「住めたもんじゃない泥んこの山里も数あるが、ここは最悪だ。家の前は沼同然、道路は川。いったいみんな何を考えているのかね。きっと、道路沿いに貸家が二軒しかないところなぞどうでもいいと思ってるんだろうよ」

「いいじゃないの、あなた」と妻がなだめるように言った。「次は勝てるかもしれないわよ」

ホワイト氏はきっと顔を上げ、母と子が訳知り顔の視線を交わそうとするのを間一髪捕らえた。氏の唇に浮かんだ言葉が消え去り、薄い灰色のあごひげのなかにバツの悪そうな苦笑いが隠れた。

「来ましたよ」と息子のハーバートが、表の門扉《もんぴ》が大きな音を立てて閉まり重い足音が玄関に近づいてくるのを聞いて言った。

老いた父親は客を迎えにいそいそと立ち上がった。彼がドアを開けて、着いた人間を相手に、あいにくの天気だねえ、難儀しただろう、と言っているのが聞こえた。着いた方も、ええたしかに難儀いたしまして、などと言っているものだから、ホワイト夫人はじれったそうに舌打ちし、軽く咳払いをした。と、夫が戻ってきて、それに続いて、背の高いがっしりした、目の小さい赤ら顔の男が入ってきた。

「モリス特務曹長だ」と夫は客を紹介した。

特務曹長は皆と握手し、勧められるまま暖炉ぎわの席に腰掛け、家のあるじがウイスキーとタンブラーを出してきて小さな銅の薬罐《やかん》を火にかけるのを心地よさそうに眺めていた。

三杯目になるころには客の目もだんだん輝いてきて、遠方からの訪問者を小さな家族の輪が興味津々見守るなか、ぽつぽつと話をはじめた。四角い肩を椅子に押し込むように座って、奇怪な情景や勇猛な行為を語り、戦争や疫病や不思議な民族を語った。

「二十一年になる」とホワイト氏は言って、妻と息子に向かってうなずいた。「出ていったときはほんのヒヨッ子だったよ。それがいまはどうだ」

「立派に生き抜いてこられたようね」とホワイト夫人が如才なく言った。

「わしもインドに行ってみたいね」と老人は言った。「ちょっと見て回りたい」

「いえ、ここが一番です」と特務曹長は首を横に振った。空のグラスを置いて、ふっとため息をつき、また首を横に振った。

「見てみたいね、古い寺院とか苦行僧とか大道芸人とか」と老人は言った。「それはそうとモリス、このあいだ言いかけた、猿の手がどうこうという話、あれは何だね？」

「何でもありません」と軍人はあわてて言った。「ともかく、お話しするほどのものじゃありません」

「猿の手？」とホワイト夫人が好奇心をそそられて言った。

「ま、いわゆる魔術というようなたぐいでして」と特務曹長はぶっきらぼうに言った。

三人の聞き手は熱心に身を乗り出した。訪問者はぼんやりと空のグラスを唇に持っていき、また下ろした。あるじが酒を注いでやった。

「見た目には」と特務曹長はポケットを探りながら言った。「何の変哲もない、ミイラみたいに干からびた手です」

そうしてポケットから何かを取り出し、皆に差し出した。ホワイト夫人は顔をしかめて身を引いたが、息子はそれを受け取って、興味深げに眺め回した。

「で、これの何が特別なのかね？」とホワイト氏は、それを息子から受け取って眺め回したのちテーブルに置いて訊ねた。

「老いた苦行僧が魔法をかけたのです」と特務曹長は言った。「大変に徳の高い人でした。人間の生涯は運命に支配されていて、運命に逆らおうとする者はひどい目に遭うということをその方は示そうとしたのです。そこで猿の手に魔力を施し、三人の人間がそれぞれ三つ願いを叶えてもらえるようにしたのです」

大真面目なその態度に、三人の聞き手は、自分たちがうっかり笑い声を上げたのをいささか気まずく思った。

「じゃああなたも三つ願いをかけてみたらいかがです？」ハーバート・ホワイトがすかさず言った。

生意気な若者を中年の人間が見るときによく見せる目付きで、軍人はハーバートを見た。

「もうやりました」と彼は静かに言い、しみの多い顔が蒼白になった。

「それで、本当に三つ願いが叶いましたの？」とホワイト夫人が訊いた。

「はい」と特務曹長は言った。頑丈な歯にグラスがかちんとぶつかった。

「ほかにも願いをかけた人はいるのですか？」と老いた夫人は訊ねた。

「はい、一人目の男も三つ願いが叶いました」という答えだった。「はじめの二つが何だったかは知りませんが、三つ目の願いは死ぬことでした。それで私がこれを手に入れたのです」

そのあまりの重々しい口調に、一同は思わず黙りこくった。

「じゃあ三つの願いは叶えてもらったわけだから、君にはもう役に立たんのだろう」と老人がようやく口を開いた。「なぜまだ手放さずに持っているんだね？」

軍人は首を横に振った。「ただの気まぐれでしょうね」と彼はゆっくり言った。「実際、売ろうかと考えたこともあるのですが、まあ売らないでしょうね。もうこいつは十分害悪をまき散らしましたから。それに、買う人なんていやしません。みんな絵空事だと思うか、そうでなけりゃ、いちおう本気にしてもまず先に試したがって、金を払うのはそのあとだと言うんです」

「もう一度三つ願いをかけられるとしたら」と老人は男をじっと見据えながら言った。「かけたいと思うかね？」

「どうでしょうか」と相手は言った。「どうでしょうかねえ」

彼は猿の手を摑んで、親指と人差し指でつまんでぶら下げていたが、いきなりそれを暖炉の炎のなかに投げ込んだ。あっと小さく叫んで、ホワイト氏はあわててかがみ込んで手を暖炉から引っぱり出した。

「燃やしてしまった方がいいですよ」と軍人は厳めしく言った。

「君が要らんのなら、私にくれたまえ」と老人は言った。

「いいえ」と相手はなおも言った。「私はそいつを火にくべたんです。あなたがお持ちになるんなら、何が起ころうと私を責めないでいただきたい。妙な気は起こさずに、暖炉に捨ててしまいなさい」

老人は首を横に振って、手に入れたばかりの品をじっくりと眺めた。「これ、どうやるのかね？」と彼は訊ねた。

「右手で持ってかざして、願いごとを口にするのです」と特務曹長は言った。「ですが、警告します、何が起きるかわかりませんよ」

「『アラビアン・ナイト』みたいねえ」とホワイト夫人が、夕食を並べにかかろうと席を立ちながら言った。「あなた、あたしに手を四人分与えたまえ、って祈ってくれたら？」

夫がまじないの道具をポケットから取り出すと、三人ともわっと笑い出したが、特務曹長は顔に恐怖の表情を浮かべて老人の腕を摑んだ。

「どうしても願いごとをするというなら、まともな願いにしてください」と彼はつっけんどんに言った。

ホワイト氏はそれをポケットに戻し、椅子を動かしながら友人を食卓に手招きした。夕食がはじまるとともにまじないの品はなかば忘れられ、食事中三人はふたたび軍人のインド冒険談に聴き入った。

「猿の手の話も、いまのいろんな話と同じに眉唾ものでしょうかねえ」とハーバートは、最終列車にぎりぎり間に合う時間に客が出ていって玄関のドアが閉まったところで言った。「だとしたら大して効き目もなさそうですね」

「あなた、お礼に何か差し上げたの？」とホワイト夫人は夫の顔をまじまじと見ながら言った。

「はした金さ」と夫はわずかに顔を赤らめて答えた。「要らないと言ったんだが、まあそう言わずに、と受け取らせたんだ。そしたらまた、捨ててしまいなさい、と言われたよ」

「そりゃそうでしょうよ」とハーバートは、ぞっとしたような顔を装って言った。「何せ僕らは、金持ちに、有名に、幸福になるんだから。父さん、まずは、我を皇帝にしたまえって祈りなさいよ。そうすりゃ母さんの尻の下にも敷かれなくなりますよ」

いわれなき非難を浴びたホワイト夫人が椅子カバーを手に追いかけ、ハーバートはテーブルを回り込んで逃げていった。

ホワイト氏はポケットから猿の手を取り出し、疑わしげな目で眺めた。「何を願ったらいいかわからんなあ、実際」と彼はゆっくり言った。「欲しいものはもう、みんな持ってる気がする」

「これであとは家の借金が片付いたら、何の不満もないでしょう?」とハーバートは、父の肩に片手を置きながら言った。「だったら、二百ポンドを与えたまえって願いなさいよ。それで片がつきます」

自分の信じやすさに我ながら恥じ入るように苦笑しながら、父親がまじないの品をかざすと、息子は厳《おごそ》かな表情を浮かべつつも母親に向けてこっそり目配せを送り、ピアノの前に座ってドラマチックな和音をいくつか叩き出した。

「我に二百ポンドを与えたまえ」と老人ははっきりと口にした。

ダダーン、と堂々たるピアノの響きが応えたが、ぶるっと震えた老人の上げた叫び声でそれも断ち切られた。妻と息子が彼のもとに駆け寄った。

「動いたんだ」と彼は、床に転がった手を嫌悪もあらわに一瞥《いちべつ》しながら叫んだ。「願いをかけたとたん、蛇みたいに手のなかでするっとよじれたんだ」

「二百ポンド、出てこないじゃないですか」と息子は言いながら、手を拾ってテーブルの上に置いた。「きっといつまで待っても出てきやしませんよ」

「きっと気のせいよ、あなた」と妻は、心配げに夫を見ながら言った。

夫は首を横に振った。「まあどうでもいいさ。何かあったわけじゃないんだし。でもぎょっとさせられたよ」

三人はふたたび暖炉の前に座り、男二人はパイプを喫《す》い終えた。表ではいつにも増して風が強く、二階でドアがばたんと閉まる音が響くと老人は落着かなげにぎくっとした。いつになく重苦しい沈黙が三人を包み、そろそろ寝ようかと夫婦が立ち上がるまで続いた。

「きっとベッドの真ん中に大きな袋があって、紐を解いたら中に金が入ってますよ」とハーバートは二人にお休みを告げながら言った。「で、洋服ダンスの上に何かおぞましいものが蹲《うずくま》っていて、父さんがその穢《けが》れた金をふところに入れるのを見物してるでしょうよ」

老人は闇のなか一人で座り、消えかけた暖炉の炎をじっと見つめていた。いろんな顔がそこに見えた。最後の顔はあまりに恐ろしく、あまりに猿のようだったので、老人は驚愕してそれに見入った。それがあまりに生々しくなったものだから、老人は落着かなげな笑い声を漏らしながら、水をかけてしまおうと、若干の水が入ったコップを取ろうとテーブルの上を探った。と、手が猿の手を摑んだ。老人はぶるっと軽く身震いして、上着で手を拭き、寝室に上がっていった。

Ⅱ

翌朝、冬の眩しい太陽が朝の食卓に注ぎ込むなか、老人は自分の臆病さを笑った。昨日の晩にはなかった、ごく即物的で健全な空気があたりに漂っていて、薄汚くしぼんだ小さな手は、その効験を誰も信じていないことを示すぞんざいさで食器台の上に投げ出された。

「歳とった兵隊さんなんてみんな一緒ね」とホワイト夫人は言った。「あんなたわごとにみんなで聴き入ったなんて！　いまどき、おまじないで願いごとなんて叶うわけないじゃありませんか。でもまああなた、かりに叶ったって、二百ポンドもらえるなら害はないわよね」

「空から父さんの頭を直撃したりして」とハーバートがおどけて言った。

「すごく自然に起きるんだってモリスは言ってたな」と父親は言った。「偶然のせいだと思いたければ思えるくらいに」

「ま、僕が帰ってくるまで金には手をつけないでくださいよ」とハーバートは食卓から立ち上がりながら言った。「父さん、さもしい強欲男になっちゃ困りますよ、そしたら勘当ですからね」

母親があははと笑い、玄関まで息子を送り出して、道路を歩いていくのを見送ってから朝の食卓に戻った。夫のお人好しぶりを息子と二人でからかって、夫人としてもおかしくて仕方なかった。それでも、郵便配達夫のノックが聞こえると夫人はいそいそと玄関に飛んでいった。が、来た手紙が仕立屋の請求書だとわかると、酒飲みの退役曹長がどうこう、といささか意地悪な文句を口にせずにいられなかった。

「帰ってきたらまたハーバートにからかわれるわよ」と彼女は昼食の席につきながら言った。

「だろうな」とホワイト氏は自分のグラスにビールを注ぎながら言った。「それでもやっぱり、あれは本当に、この手のなかで動いたんだ。神にかけて誓う」

「そう思っただけよ」老いた夫人はなだめるように言った。

「動いたのさ」と夫は答えた。「思う思わないっていう話じゃない。私がちょうど――どうした？」

妻は何とも答えなかった。表に一人の男がいて、男の謎めいた動きに彼女は見入っていた。どうしたらいいか決めかねたような風情《ふぜい》で家のなかを覗いていて、入ってくる度胸を奮い起こそうとしているように見える。夫人は二百ポンドの件に何となく連想が働き、見知らぬ人物が上等の服を着ていて真新しいシルクハットをかぶっていることに目をとめた。門扉のところで男は三度立ちどまり、そのたびにまた通り過ぎた。四度目に、やっと門扉に手をかけ、一気に肚《はら》を決めてさっと押し開け、玄関までの小径《こみち》を歩いてきた。それと同時にホワイト夫人は両手をうしろに回し、エプロンの紐を急いで外して、椅子のクッションの下にその有用なる衣料を押し込んだ。

おどおど落着かぬ様子の見知らぬ男を夫人は部屋に案内した。男はこっそりとホワイト夫人の顔色を窺《うかが》い、散らかっていて済みませんねえ、主人もこんな庭仕事の格好で失礼します、と夫人が詫びるのを上の空で聞いている。それから夫人は、相手が話を切り出すのを、女としてのたしなみを精一杯示して辛抱強く待ったが、男ははじめ、何とも不可解に押し黙っていた。

「私……使いの者でございまして」と彼はやっと言い、身をかがめてズボンについた糸屑をつまみ上げた。「モー・アンド・メギンズ社から参りました」

老いた夫人はぎくっと身構えた。「何かあったんでしょうか？」と彼女は息を殺して訊ねた。「ハーバートに何かあったんですか？　何なんです？　何なんです？」

夫が割って入った。「まあまあ、お前」とせわしなく言った。「お座りなさい、早合点しちゃいけないよ。ねえあなた、べつに悪い知らせじゃありませんよね」と、客の方にすがるような目を向けた。

「申し訳ございません――」と訪問者は切り出した。

「怪我したんですか？」と母親が問いつめる。

そうですと答える代わりに訪問者は頭を下げた。「ひどい怪我をされました」と静かに言った。「ですがもう、痛みを覚えてはいらっしゃいません」

「まあ、よかった」と老いた女性は言って、両手を握り締めた。「ほんとによかった！　ほんとに――」

もう痛みはない、という言葉の禍々《まがまが》しい意味に思い当たって、彼女はハッと口をつぐんだ。そして、相手が顔をそらしている姿に、自分の恐れのおぞましい裏付けを見てとった。息を呑んで、まだ気づかずにいる夫の方に向き直り、震える老いた手を彼の手に載せた。長い沈黙があった。

「機械に体をはさまれたのです」と訪問者はやっとのことで、低い声で言った。

「機械に体をはさまれた」とホワイト氏は鸚鵡《おうむ》返しに言った。「そうですか」

氏は座ったまま虚ろな目で窓の方を見やり、それから、妻の手を自分の両手でくるんで、四十年近く前、まだ求婚中だったころよくそうしたようにぎゅっと握り締めた。

「私どもにはあの子しか残っていなかったのです」と氏は言って、穏やかに訪問者の方を向いた。「つらいことです」

相手は咳払いし、立ち上がってゆっくり窓際まで歩いていった。「ご子息を亡くされたこと、心からお悔やみ申し上げるよう社から託《ことづか》って参りました」と男は向き直らずに言った。「どうかご理解ください、私は一介の社員であって、命令に従っているだけなのです」

返事はなかった。老夫人の顔面は蒼白で目は見開かれ、息も聞き取れぬほどだった。夫の顔には、友人の曹長も生まれて初めての戦闘にはこんな顔で突撃していっただろうかと思える表情が浮かんでいた。

「モー・アンド・メギンズ社はいっさいの責任を否認する、とお伝えするよう仰せつかって参りました」と相手は先を続けた。「社としては何ら賠償義務は認めておりませんが、ご子息のこれまでのご貢献に鑑《かんが》みて、何某《なにがし》かの額を補償金としてお支払いしたいと考えております」

ホワイト氏は妻の手を放し、立ち上がって、恐怖の目で訪問者を見つめた。乾いた唇が言葉を形作った。「いくらです?」

「二百ポンドです」と答えが返ってきた。

妻の悲鳴も耳に入らず、老人はかすかな笑みを浮かべ、盲人のように両手を前につき出し、意識を失って床に倒れ込んだ。

Ⅲ

二マイルばかり離れた新しい巨大な墓地で老夫婦は死者を埋葬し、影と沈黙に包まれた家に帰ってきた。何もかもがあわただしく過ぎていき、はじめはろくに実感もなく、二人とも、何かまだほかのことが――この重い荷を、老いた心が耐えるにはあまりに重い荷を軽くしてくれる何かが――起きるのを期待しているような心持ちだった。

だが日々は過ぎていき、期待は諦念に、時に無関心と誤って呼ばれたりもする老人特有の望みなき諦念に変わっていった。ほとんど何も言葉を交わさないときもあった。話すことなど何もないのだ。日々はうんざりするほど長かった。

それから一週間ほど過ぎて、老人が夜中にふと目覚めて手を伸ばすと、寝床には自分しかいなかった。寝室は真っ暗で、押し殺したすすり泣きの声が窓辺から聞こえてきた。彼はベッドで身を起こし、泣き声に聴き入った。

「戻っておいで、そんな寒いところにいたら風邪をひくよ」と彼は優しく言った。

「あの子はもっと寒いところにいるのよ」と老いた妻は言って、またしくしく泣き出した。

すすり泣く声が、夫の耳から遠のいていった。寝床は暖かかったし、眠気で瞼が重かった。彼はうつらうつらとまどろみ、やがてすっかり寝入ったが、妻がいきなり狂おしく叫ぶ声でハッと目を覚ました。

「手よ！」と妻は狂おしく叫んでいた。「猿の手よ！」

夫はぎょっとして頭を上げた。「どこだ？　手がどこにある？　どうした？」

妻はよろよろと夫の方に歩いてきた。「あれをちょうだい」と静かな声で言った。「捨ててないわよね？」

「居間の、張出し棚に置いてある」と夫は仰天したまま答えた。「なぜだね？」

妻は泣き声と笑い声を同時に上げ、かがみ込んで夫の頬にキスした。

「たったいま思いついたのよ」と彼女はほとんどヒステリー状態で言った。「どうしてもっと早く思いつかなかったのかしら？　どうしてあなた思いつかなかったの？」

「思いつくって、何を？」と夫は訊ねた。

「あと二つの願いごとよ」と妻は口早に答えた。「まだひとつしか叶えてもらっていないのよ」

「あれでまだ足りんというのか？」と夫はカッとなって言い返した。

「そうよ」と妻は勝ち誇ったように叫んだ。「あとひとつ叶えてもらうのよ。早く取ってきてちょうだい、息子を生き返らせたまえって願うのよ」

夫は寝床で身を起こし、震える手足から寝具を払いのけた。「お前、気でも狂ったのか！」と愕然として叫んだ。

「持ってきて」と妻は息を切らしながら言った。「早く持ってきて、願いをかけるのよ——ああ、あたしの坊や、坊や！」

夫はマッチを擦って蠟燭に火を点けた。「寝床に戻りなさい」と上ずった声で言った。「馬鹿を言うんじゃない」

「最初の願いは叶ったのよ」と老いた妻は熱狂して言った。「二つ目だって叶うはずよ」

「あれは偶然だったのさ」と老いた夫は口ごもり気味に言った。

老人は向き直って妻を見た。声が震えた。「もう死んで十日経つんだよ。それにあの子は——黙っていようと思ってたんだが、服を見てやっとあの子だとわかったんだよ。あのときだって見るに堪えなかったんだから、いまはどうなってると思うかね？」

「あの子を生き返らせてちょうだい」と妻は叫んで、夫をドアの方に引っぱっていった。「自分がお乳を上げた子を、あたしが怖がると思うの？」

夫は闇のなかを階下に降りていき、手さぐりで居間まで行って、炉棚へ進んでいった。まじないの品は置いたままのところにあった。と、いまだ口にしていない願いごとが聞き届けられて無残に切り刻まれた息子が彼が逃げ出す間もなく目の前に現われるのではないか、そんな激しい恐怖に襲われて、ドアがどっちの方向にあるかもわからなくなっていることに気づいて思わず息が止まった。冷たい汗を額に浮かべて、手探りで食卓を回っていき、壁伝いに進んで、手におぞましい代物を持ったまま狭い廊下に出た。

寝室に入っていくと、妻の顔まで変わって見えた。蒼白の、期待に満ちたその顔には、いつもとまったく違う表情が浮かんでいるように思えて夫はぞっとした。妻のことが怖かった。

「願いをかけて！」と妻は力強い声で叫んだ。

「愚かな、邪《よこしま》なことだよ」と夫はおろおろ言った。

「願いをかけて！」と妻はくり返した。

夫は右手を上げた。「息子を生き返らせたまえ」

まじないの品は床に落ち、夫はぶるっと身震いしてそれを眺めた。彼が震えながら椅子に沈み込むのをよそに、老いた妻は目を爛々と輝かせて窓の方に行き、ブラインドを上げた。

窓の外をじっと覗き込むようにしている妻の方に時おり目をやりながら、夫は寒気《さむけ》に体が冷えてくるまで座っていた。いまや蠟燭も、磁器製の蠟燭立てのへりより下まで短くなって、ぴくぴくと脈打つ影を天井や壁に投げていたが、やがて、いつになく大きな炎をさっと上げて、消えてしまった。まじないが効かなかったことに言いようもなくほっとして、老人は寝床に這い戻った。程なく妻も黙って戻ってきて、のろのろと隣に入ってきた。

二人とも何も言わずに黙って横たわり、時計がカチカチ鳴る音に耳を澄ましていた。階段がきしみ、壁のなかを鼠がキイッと騒々しく駆けていった。闇が垂れこめた。しばらくのあいだ勇気を奮い起こそうとした末に、夫はマッチの箱を手に取り、一本擦って、階下に蠟燭を取りにいった。

階段を降りきったところでマッチが消えたので立ちどまってもう一本点けたのと同時に、ほとんど聞こえないほどの、ひどくひっそりしたノックの音が玄関で鳴った。

マッチの箱が夫の手から落ちて、廊下にまき散らされた。彼はその場に、息も止まったまま凍りついていた。やがてノックがくり返された。彼は回れ右して寝室に舞い戻り、中に入るやドアを閉めた。三度目のノックが家中に響きわたった。

「あれは何?」と老いた妻がハッと身を起こして叫んだ。

「鼠だよ」と老人は震える声で言った。「鼠さ。階段ですれ違ったよ」

妻は寝床で頭を上げ、耳を澄ました。大きなノックの音が家中に轟いた。

「ハーバートよ!」と妻は金切り声を上げた。「ハーバートよ!」

彼女はドアめざして飛んでいこうとしたが、夫が彼女の前に立ちはだかり、その腕をしかと押さえつけた。

「どうしようというんだ？」と夫はしゃがれ声で囁いた。

「あたしの坊やよ、ハーバートよ！」と妻は、無意識に夫に抗《あらが》いながら叫んだ。「二マイル離れてることを忘れていたわ。なぜ押さえるの？　放してちょうだい。玄関を開けてやらないと」

「よすんだ、入れちゃ駄目だ」と夫は身震いして叫んだ。

「自分の息子が怖いの？」と妻は抗いながら叫んだ。「放してよ。いま行くわよ、ハーバート。いま行くわ」

もう一度ノックの音がした。そしてもう一度。と、妻はぎゅっと身をよじらせて夫の手を振りほどき、部屋から飛び出していった。夫は階段の手前まで追いかけ、駆け下りていく彼女に必死に呼びかけた。チェーンががたがたと外され、下の閂《かんぬき》がゆっくり、ぎくしゃくと受け口から抜かれるのが聞こえた。やがて妻のふり絞った喘ぎ声が聞こえた。

「上の閂が！」と彼女は大声で叫んだ。「あなた、降りてきて！　あたしには届かないわ」

だが夫は手足をついて懸命に床を探り、猿の手を探していた。外にいるあれが中に入る前に何とか見つけないと。一斉射撃のごときノックの連打が家中にこだまし、妻が椅子を引きずってきて玄関のドアの前に置くのが聞こえた。閂がゆっくりギシギシ音を立てて外されるのが聞こえるのと同時に猿の手が見つかり、夫は夢中で三つ目の、最後の願いを口にした。

ノックはぴたっと止んだが、そのこだまは依然家のなかに漂っていた。椅子が引き戻されてドアが開くのを夫は聞いた。冷たい風が階段を駆け上がってきた。妻が長い、けたたましい、失意と悲嘆の叫び声を上げたのに力を得て夫は彼女のもとに駆け下りていき、そのまま門扉まで飛び出していった。向かいでちらちら点滅する街灯が、静かな人気《ひとけ》のない道路を照らしていた。

謎
The Riddle
（1903）

ウォルター・デ・ラ・メア
Walter de la Mare

そうして七人の子供たち、アン、マチルダ、ジェームズ、ウィリアムとヘンリー、ハリエットとドロシーアは、お祖母さんと一緒に暮らしにやって来た。お祖母さんが子供のころからずっと住んでいるその家は、ジョージ王朝期に建てられたものだった。綺麗な家ではなかったけれど、部屋数は多く、広くて、がっしりした造りだった。大きなヒマラヤスギの木が、その枝を窓のすぐ前までのばしていた。

馬車から降りてきた子供たちは（五人は馬車のなかに座り、二人は御者の横に座っていた）、お祖母さんの前に連れていかれた。みんなで小さな黒い集団となって、張り出し窓の前に座っている老いた女性の前に立った。お祖母さんは子供たち一人ひとりに名前を訊いて、それぞれの名前を、優しい、震え気味の声でくり返した。それから彼女は、一人の子には裁縫箱を与え、ウィリアムにはジャックナイフを、ドロシーアには色付きの鞠《まり》を、と、それぞれの歳に合ったプレゼントをくれた。それからお祖母さんは、孫たちみんな、一番幼い子にまでキスをした。

「子供たちや」と彼女は言った。「あんたたちみんな、あたしの家で明るく楽しい顔を見せておくれ。あたしはもう歳で、一緒に跳ね回ったりはできないから、アンにみんなの面倒を見てもらわないといけない。それにミセス・フェンもいるからね。そして毎朝毎晩、みんなお祖母ちゃんに顔を見せにきてくれるんだよ。ニコニコ笑顔を見せて、あたしの息子のハリーのことを思い出させておくれ。でもそれ以外は、一日中、学校が終わったら、みんな好きにしていい。ひとつだけ、たったひとつだけ覚えておいてほしいことがある。スレートの屋根が見える大きな客用寝室の隅に、古い樫の木の収納箱がある。そう、このあたしより、ずっとずっと昔からある古い箱なんだよ、あたしのお祖母さんより古いんだ。家中どこで遊んでもいいけど、あそこだけはいけないよ」。お祖母さんは笑顔で子供たちを見渡しながら、みんなに優しく話した。でも彼女はひどく歳をとっていて、その目は、この世界のものが何も見えていないように思えた。

そして七人の子供たちは、はじめはふさぎ込んでいて落着かなかったが、じきにこの大きな家にも慣れて、すっかり元気になった。面白いもの、愉快なものがここにはたくさんあった。何もかもが目新しかった。毎日二度、朝と晩に、みんなでお祖母さんに顔を見せにいった。お祖母さんは日ごとにますます弱っていくように思えた。彼女は子供たちに、自分の母親のこと、自分が子供のころのことを楽しげに語ったが、子供たちにやる砂糖菓子を用意しておくことだけは忘れなかった。こうして、何週間かが過ぎていった……

ある日の黄昏どき、ヘンリーは一人で子供部屋を出て、階段をのぼり、古い樫の収納箱を見に行った。彫られた果物や花々にヘンリーは指を押し当て、四隅で暗い笑みを浮かべている顔たちに呼びかけた。それから、ちらっとうしろを見てから、蓋を開けて、中を覗いてみた。だが箱には何の宝物も隠されていなかった。黄金も、おもちゃもなければ、見てぞっとするようなものもない。からっぽの箱の内側に、くすんだ薔薇色の絹が貼ってあるだけ。夕暮れのなか、絹はいっそう薄黒く見えて、ポプリの甘い匂いがした。そうやって中を見ているヘンリーの耳に、下の子供部屋から、こもった笑い声や、カップがかちんと鳴る音が聞こえてきた。窓の外に目を向けると、日は暮れかけていた。そんなこんなで、なぜかヘンリーの胸に、母親の記憶がよみがえった。ほのかに光る白いドレスを着た母は、夕暮れどき、ヘンリーに本を読んでくれたものだった。そしてヘンリーはよじのぼって箱のなかに入った。蓋が上からそっと閉じた。

遊び飽きたほかの六人の子供たちは、一列になって、お休みなさいを言って砂糖菓子をもらいにお祖母さんの部屋に入っていった。二本の蠟燭のあいだに立った子供たちを、お祖母さんは何か考えていてよくわからないことでもあるみたいな目で見た。翌日、アンがお祖母さんに、ヘンリーがどこにも見当たらないと知らせた。

「おやまあ、きっとしばらくどこかへ行ったんだね」とお祖母さんは言って、しばし言葉を切った。「でもみんな、覚えておくんだよ、樫の箱にちょっかい出しちゃいけないよ」

けれど、マチルダは弟のヘンリーのことが忘れられなかった。ヘンリー抜きで遊んでもつまらなかった。ヘンリーったらいったいどこへ行ったんだろう、そう思案しながら家のなかをさまよった。半袖の服から出ている腕で木の人形を抱いて、人形をめぐるお話を作り上げてはそれを小声で歌った。そして、ある晴れた朝、マチルダは箱のなかを覗いてみた。とてもかぐわしい匂いがして、ひそやかな感じだったので、彼女は人形を連れて、ヘンリーと同じように、中へ入っていった。

こうしてアン、ジェームズ、ウィリアム、ハリエット、ドロシーアの五人が、一緒に遊ぶべく家に残された。「子供たちや、いつかまたあの二人も帰ってくるかもしれないよ」とお祖母さんは言った。「それとも、あんたたちが二人のところへ行くか。あたしの言いつけをちゃんと守るんだよ」

さて、ハリエットとウィリアムは仲良しで、恋人同士のふりをしていた。一方ジェームズとドロシーアは、狩りとか、釣りとか、戦争ごっこといった荒っぽい遊びが好きだった。

十月の静かな午後、ハリエットとウィリアムは一緒にひそひそ話をしながら、スレート屋根の向こうに広がる緑の野原を眺めていた。部屋のなか、背後でネズミがキイッと鳴いて、ここそこ走りまわるのが聞こえた。二人は一緒になって、ネズミが出てきた小さな暗い穴を探しに行った。でも見つからないので、収納箱の彫刻を指で撫でたり、暗い笑みを浮かべた顔たちに名前をつけたりしはじめた——ヘンリーがやったのとまったく同じように。「そうだ！　君は眠り姫になるんだ、ハリエット」とウィリアムは言った。「そしたら僕は、王子さまになって、茨《いばら》をかき分けてやって来るんだ」。ハリエットは優しい、いぶかるような顔で兄を見たが、言われたとおり箱に入って横になり、ぐっすり眠っているふりをした。ウィリアムはつま先立ちで身を乗り出し、箱がすごく大きいのを目にして、眠り姫にキスをしてその静かな眠りから目覚めさせようと、自分も中に入っていった。彫刻を施された蓋が、ゆっくりと、蝶番《ちょうつがい》をきしらせもせずに降りてきた。こうしていまや、アンを読書からそらすものは、時おり漂ってくる、ジェームズとドロシーアが立てる騒音だけになった。

けれども、彼らの老いたお祖母さんは、とても弱っていて、目もかすみ、耳もひどく遠くなっていた。

ひそやかな空気のなかを、雪がしんしんと屋根に積もっていった。ドロシーアは樫の木箱のなかで魚になって、ジェームズは氷に開けた穴の上から見下ろし、エスキモーのふりをして銛《もり》代わりの杖をふりかざしていた。ドロシーアの顔は赤らみ、くしゃくしゃの髪の向こうで目がぎらぎら光っていた。ジェームズの頬《ほお》には、曲がった線を描いたひっかき傷があった。「暴れるんだドロシーア、そしたら僕は水のなかで君をつかまえて陸に引っぱり上げる。さあ、早く！」。笑い声を上げながら彼はそう叫び、開いた箱のなかへ引き寄せられていった。そしていままでと同じに、蓋がそっと静かに閉じた。

一人残されたアンは、砂糖菓子を喜ぶにはもう大人すぎたけれど、一人でお祖母さんにお休みなさいを言いに行った。するとお祖母さんは、眼鏡を鼻先に下げて切なげにアンを見た。「ねえお前」と彼女は、首を震わせながら言って、節だらけの親指と人差指でアンの指をぎゅっと握りしめた。「あたしたち、二人とも、さみしい年寄りだねえ！」。アンはお祖母さんの柔らかい、たるんだ頬にキスをした。お祖母さんは安楽椅子に座ったまま両手を膝の上に載せ、部屋を出ていくアンの方に首を傾けていた。

アンは寝床に入ると蠟燭の光で本を読むのが習慣だった。シーツにくるまった膝を持ち上げ、その上に本を載せる。彼女が読むのは妖精や小鬼をめぐる物語であり、お話のなかでひっそりと注ぐ月の光が白いページを照らし出すように思えた。大きな、部屋数の多い家はほんとうに静かで、お話の言葉はこの上なく甘美だったから、アンの耳には妖精たちの声が聞こえてくる思いだった。じきに彼女は蠟燭を消した。耳元でさまざまな声たちがごっちゃに聞こえ、目の前にいろんな光景がおぼろげに、めまぐるしく過ぎていくなか、彼女は眠りに落ちていった。

真夜中に、アンは夢を見て寝床から出て、目を大きく開けながらも現実を何も見ることなく、がらんとした家のなかを音もなく進んでいった。お祖母さんがいびきをかいて、つかのま深い眠りに沈んでいる部屋の前を、軽やかな、確かな足取りで過ぎていき、広い階段を降りていった。窓の向こう、はるか遠くで光る織女星《おりひめぼし》が、スレート屋根の上に浮かんでいた。アンは屋根の見える不思議な部屋に入っていって、まるで誰かに手を引かれているみたいに樫の箱の方に歩いていった。それが自分のベッドだと夢に見ているかのように、くすんだ薔薇色の絹のなか、かぐわしい場所に彼女は身を横たえた。でも部屋はひどく暗くて、蓋の動きは目には見えなかった。

日がな一日、お祖母さんは張り出し窓の前に腰かけていた。唇をすぼめて、ぼんやりした好奇のまなざしを、表を行き来する人びとや、通りすがる乗り物に向けた。夕暮れどき、階段をのぼって、大きな客用寝室の戸口に立った。のぼってきたせいで、息が切れていた。老眼鏡は鼻先にずり落ちていた。彼女はドアの柱に片手を当てて寄りかかり、ひそやかな薄暗がりのなか、ほのかに光る窓の四角の向こうを覗き込んだ。でも視力が弱っていたし、日の光も弱まっていたから、遠くは見えなかった。それに、秋の落葉のような、かぐわしいかすかな香りも彼女には感じとれなかった。けれど、心のうちでは、いろんな記憶が、こんがらがった糸のようにもつれあっていた。笑いと涙、もうずっと昔に時代遅れになった姿の子供たち、友人たちの到来、最後の別れ。そして、自分を相手に、切れぎれの、言葉もはっきりしない噂話を交わしながら、お祖母さんは階段を降りて、張り出し窓の前に戻っていった。

秘密の共有者——沿岸の一エピソード

The Secret Sharer : An Episode from the Coast

（1910）

ジョゼフ・コンラッド

Joseph Conrad

I

なかば水に埋もれた竹の垣根の神秘な組合せにも似た魚獲りの杭が私の右に何列も並び、熱帯の魚の領域を区分するその分け方はおよそ不可解で、あたかも遊歴する漁師一族がそれを永久にうち捨てて大洋の向こう側の果てへ去っていったかのような、何とも異様な趣を呈していた。見渡すかぎり、人が住んでいる気配はまったく見られない。左側の、石壁、塔、小要塞《トーチカ》などの廃墟を思わせる不毛な小島の群れは、青い海にしかと土台が据えられ、その海自体いかにも堅固に見えて、私の足下に動かず揺るがず広がっている。西に傾きかけた太陽の発する光の航跡さえただただ滑らかに輝き、見えないさざ波の存在を物語る活気あるきらめきはどこにもなかった。引き舟は船を砂洲の外につい いましがた置いて去り、私たちはここに錨を下ろしたところだが、引き舟を最後にもう一度見ようと私がふり返ってみると、平らな岸辺のまっすぐな線が揺るがぬ海につながっているのが見え、縁と縁がぴったり合わさり、完璧に、継ぎ目もわからぬほどしっかり一体化していて、空の巨大な天蓋の下、半分茶色で半分青色の水平な床がどこまでものびているのだった。この非の打ちどころなき接合には唯一疵《きず》があって、その両横に、海側の小島の群れと取るに足らなさにおいて匹敵する小さな木立がひとつずつあって、本国へ向かう帰途の旅のいわば最初の準備段階において船がついさっき後にしてきたメナム川の河口の所在を示していた。そして陸のずっと奥、より大きくより高くそびえる、大パクナム仏塔《パゴダ》を囲む森は、水平線の単調な広がりを探る空しい作業からただひとつ目を休めうる眺めだった。そこここで、散らばった数片の銀のようなきらめきが、大いなる川の無数のうねりを印している。中でも一番近い、砂洲のすぐ内側のうねりにあっては、蒸気を上げて内陸へ入っていく件《くだん》の引き舟が私の視界から消えていき、船体も煙突もマストも、あたかも無感動な大地に難なく、何ら微動もなく呑み込まれてしまったかのようだった。引き舟が立てる煙の薄い雲が、川の定まらぬくねり具合に従って、平地の上、こちらと思えばまたあちらに出没するのを私の目はたどったが、その煙も次第にかすかに、次第に遠くなっていき、やがては大いなる仏塔の、司教冠《ミトラ》のごとく丸味を帯びた三角の背後に見失われた。こうして私はもう、シャム湾の源に錨を下ろしたわが船とのみ取り残されたのである。

長い旅の出発点に船は浮かんでいて、途方もない静けさの中でやはりひっそり静かに佇み、沈む陽が一連の円材《スパー》の影をはるか東に投げている。その瞬間、甲板には私一人しかいなかった。船からは何の音もしない。そして周りでは何も動かず、何も生きておらず、水に浮かぶカヌー一艘とてなく、あたりには鳥一羽飛ばず、空には雲ひとつなかった。これからの長い航海のとば口の、息をひそめたこの休止にあって、私たちは長い難儀な企てに対する己の適性を測っているかのように思われた。私と私の船とが負わされた、人の目から遠く離れ、空と海を唯一の見物人および裁判官として遂行されるべき任務。

大気中に何か、視界を乱すようなぎらつきがあったにちがいない。というのも、太陽が私たちの許を去る直前になって、あちこちさまよっていた私の目が、群れの中では最大の小島の一番高い尾根の彼方に、完璧な静謐の厳《おごそ》かさを葬り去ってしまう何ものかを認めたからだ。闇の潮が見るみる寄せてきて、影に包まれた大地の上に熱帯特有の唐突さでもって星の群れが姿を現わすなか、私はまだぐずぐずとどまり、信頼できる友の肩に載せるかのように片手をそっと船の手すりに載せている。けれども、それら無数の天体のまなざしを浴びているいま、船との静かな交感の心地よさはすっかり失せていた。そしてまた、いまや心乱される物音が上がっている——人の声、船首の方で響く足音。忙しく立ち働く救いの霊のごとくに給仕長《スチュワード》が主甲板の上を駆け回る。船尾楼《プープ》甲板の下で鈴が切羽詰まった音で鳴る……。

明かりの灯った食堂の夕食のテーブルの近くで、航海士二人が私を待っていた。私たちはただちに食卓につき、私は一等航海士の皿に食事を盛ってやりながら言った。

「気づいているかね、群島の内側に船が一隻錨を下ろしていることを？　ちょうど陽が沈むとき、尾根の上にマストの先が見えたが」

相手は素朴な、おぞましく繁茂した頬ひげを担わされた顔をさっと上げて、いつもの感嘆を発した——「いやはや何と！　さようでありますか、船長？」

二等航海士は頬の丸い無口な若者で、年に似合わず厳めしく見えたが、いま目がたまたま合うと唇がわずかに震えるのを私は見てとった。私はさっと目を伏せた。自分が船長を務める船の上で、せせら笑いを奨励するのは私の任ではない。また、私がこの航海士たちの人となりをほとんど何も知らなかったことも言っておかねばならない。私自身以外にはさしたる重要性もないもろもろの出来事の結果、私はこの船の指揮を執るよう、つい二週間前に命ぜられたばかりだったのである。船首の方の平水夫たちのことだってほとんど知らない。この連中はみな、およそ一年半のあいだ共に過ごしてきたのであり、私の立場とはすなわち、船上で唯一のよそ者のそれなのだ。これをわざわざ述べるのは、この後に続く話とそれなりに関係があると思うからだ。だが何より痛感していたのは、自分がこの船にとってよそ者だという思いである。ありていに認めてしまえば、私はいくぶん、自分自身にとってもよくわからぬよそ者だった。二等航海士を例外として船上で誰よりも若く、十分責任ある立場をこなしたこともまだない身としては、ほかの者たちが有能であることをひとまず前提にする気だった。とにかく職務をきちんとこなしてくれればそれでいい。だが自分については、よくわからなかった——誰もがひそかに設定する、己の人格の理想像を、私はどこまで忠実に貫きとおせるのだろう。

一方、一等航海士は、丸い目と恐ろしい頬ひげの協同作業がほとんど目に見える効果を生み出すなか、停泊中の船をめぐる自説を構築せんと努めていた。この男の主だった特徴は、あらゆる事柄を真剣に考察することである。何ごともゆるがせにせぬ性格なのだ。本人がたびたび口にする言を借りれば、自らに降りかかったほとんどすべてのことを「自分に説明するのを好む」気質であり、一週間前に自分の船室で見つけたみすぼらしい蠍《さそり》のことまで説明しないと気が済まない。その蠍の謂《いわ》れ因縁――どうやってそれが船に乗り込み、なぜ食糧貯蔵室ではなく彼の寝室を選ぶに至ったか（貯蔵室は暗い場所であり蠍ならそちらを好みそうではないか）、そしていったいいかにして彼の書き物机のインク壺で溺死することになったのか――をめぐって彼ははてしなく思いわずらった。それに較べれば、島々の内側に停泊した船の由来など説明もよほど楽である。そして、私たちが食卓から立ち上がろうとしたところで、彼は宣言を発した。あの船は、疑いの余地なく、最近本国から到着した船にちがいありません。おそらく喫水が深すぎて、春の上げ潮が最高の高さに達する時期でないと砂洲を越えられないのです。そこで、沖合の停泊地を避けて、あすこの天然の港に入って何日かやり過ごそうという算段なのでありましょう。

「そのとおりです」と二等航海士が唐突に、わずかにしゃがれた声で賛同した。「あの船は喫水六メートル以上あるのです。リバプールから来たシフォーラ号と言いまして、石炭を積んでおります。カーディフを出て一二三日になります」

私たちは驚いて二等航海士を見た。

「船長の手紙を受けとりに引き舟の船長が乗り込んできたときに聞きました」と青年は説明した。「あさってにもあの船を引いて川を上るつもりのようです」

情報量によってかように私たちを圧倒したのち、二等航海士は船室からひっそり出ていった。一等航海士は恨めしげに「あの若者の気まぐれは説明がつきませんね」と述べた。どうしてさっさと何もかも言わなかったのでしょうねえ。

立ち去ろうとする一等航海士を私は引きとめた。この二日間、乗組員たちは重労働に明けくれ、昨夜もほとんど寝ていない。停泊当直を立てずに全員寝かすよう一等航海士に指示した際、自分が――よそ者の自分が――何か尋常ならざることをやっているのを私はひしひしと感じた。一時ごろまで自分が甲板に立つ、と私は申し出たのだ。その時間が来たら二等航海士に交代してもらうことにする、と。

「彼が四時にコックと給仕長を起こして」と私は締めくくった。「それから君を呼ぶ。もちろん、少しでも風の気配が出たら、全員起こしてただちに出発する」

相手は驚愕を隠した。「かしこまりました、船長」。食堂の外で彼は二等航海士の部屋に首をつっ込み、五時間の停泊当直を自ら引きうけるという私の前代未聞の気まぐれを伝えた。相手が仰天して声を上げるのが聞こえた――「何だって？　船長が自分で？」。それからさらにしばらくひそひそ声が続き、ドアがひとつ閉じ、もうひとつ閉じた。少ししてから私は甲板に上がった。

よそ者だという思いに眠れなくなったせいで、私はこのような異例の取決めに駆り立てられたのだった。そうやって夜の数時間を一人で過ごすことで、何も知らないこの船、何も知らないに等しい水夫たちの乗り込んだ船とつながりを持てるとでも私は思ったのだろうか。船が波止場に横付けになっていたあいだは、停泊中の船舶の常として無関係な品々が散乱し、無関係な陸の人間たちに侵入されていたから、私はまだまともに船を見てもいない。そしていま、余分な荷を降ろして海へ出る態勢も整い、星空の下、広々とした主甲板は私には非常に立派に見えた。非常に立派で、この大きさの船にしては非常に広く、非常に魅力的である。私は船尾楼を下りていき、中甲板をゆっくり歩いて、これからの航路を頭の中で思い描いた。マレー諸島を抜けて、インド洋を下り、大西洋を北上する。どの区域も私には十分馴染みである。あらゆる特徴、公海上で私が直面しそうなすべての選択肢——何もかも馴染み！……指揮に伴う目新しい責任以外は。だが私は、この船だってほかの船と同じなのだ、水夫たちだってほかの水夫たちと同じなのだ、海だってわざわざ私を困らせるために特別な驚きを用意しているわけでもあるまい、との妥当な思いを抱いて自らを励ました。

心安まる結論にたどり着いたので、ひとつ葉巻でもと思いたち、取りに下りていった。下はひっそり静まりかえっていた。船尾にいる誰もが熟睡していた。私はふたたび後甲板に出て、暖かく風のない夜、夜着姿に裸足で快適にくつろいでいた。火の点いた葉巻を口にくわえて前方へ歩いていくと、船首側の深遠なる静寂に出迎えられた。船首楼の扉の前を通ったときのみ、中で眠っている誰かの深い、静かな、安心しきった寝息が聞こえた。そして突然、陸の落着かなさとは違う、海の大いなる平安を私は嬉しく思った。何ら不穏な問題を持ち出したりはしない、その魅力の絶対的まっすぐさとその目的の一途《いちず》さとによって一種根本的な倫理美を付与されている、何ら誘惑なき生活——それを自分が選んだことを私は嬉しく思った。

前檣《ぜんしょう》の索具に掛かった停泊灯が、澄んだ、乱れなき、あたかも象徴的と思える炎でもって燃え、夜の神秘な影の中で確固たる明るさを発していた。船尾へ向かって反対側を通っていくさなか、手紙を取りにきた引き舟の船長のために出されたにちがいない縄梯子が船べりからしかるべくしまい込まれていないことが目にとまった。私はこれに苛立った。細々《こまごま》した事柄における厳密さこそ規律の核ではないか。やがて私は思いたった。有無を言わせず航海士たちを下がらせたのはこの私であり、私自身の行動によって、停泊当直が規則どおり定められ万事適切に為されるはずのところを私が妨げてしまったのだ。動機はいくら善意でも、確立された義務の慣習を乱すのは賢明と言えないのではあるまいか。こうした行動ゆえに、私は皆の目に変わり者と映ったのではないか。あの馬鹿げた頬ひげの航海士が、私のふるまいに関していかなる「説明」を企てるだろう。自分たちの新しい船長の型破りさに関し、船全体はどう考えているか。私は自分自身に苛立った。

決して良心の呵責ゆえではなく、いわば機械的に、私は自分で梯子を片付けにかかった。さて、船べりから垂らすその手の縄梯子はごく軽量であり、引っぱれば簡単に上がってくるはずである。ところが、力一杯引いても、甲板上に飛んでくるかと思いきや予想に反してぐいっと抵抗があり、引きの勢いは自分の体にはね返ってきただけだった。どうなってるんだ！……梯子がびくともしないことにすっかり驚いた私は、その場に立ちつくし、あの大馬鹿の航海士ではないがこのことを自分に説明せんと試みた。結局、当然ながら、私は手すりの向こうに首をつき出してみた。

ほの暗い、ガラスのような海のゆらめきの上に、船の側面は半透明の影の帯を落としていた。だがただちに、何か細長い、青白いものが梯子のすぐそばに浮かんでいるのが私には見えた。それが何なのか、推測する間もなく、人間の裸体から発していると思《おぼ》しきかすかな燐光のきらめきが、眠っている水のなか、夏の夜空に光る稲光の儚《はかな》い無音の戯れとともに揺れ動いた。ハッと息を呑んだ私が見入る下で、一対の足先、長い脚二本、広く青黒い背中が現われて、緑っぽい死体のような色つやに首まで浸かっているのが見えた。片手は水面近く、縄梯子の一番下の段を摑んでいる。首から上以外は全部揃っている。首なし死体! あんぐり開いた私の口から葉巻が落ちて、小さなポトン、短いジュッという音が、天の下すべてが静まりかえったなかではっきり聞きとれた。おそらく彼にもそれが聞こえたのだろう、相手は顔を上げ、船べりの影にぼんやり青白い楕円が浮かび上がった。そこに黒髪に覆われた頭の形がかろうじて見てとれる程度だったが、いましがた私の胸を捉えた恐ろしい、冷えきった感覚が消え去るにはそれで十分だった。無意味に声を上げる瞬間もいまや過ぎていた。私はただ予備の帆桁によじ登って、船べりに浮かぶその謎にもっと目を近づけようと、精一杯手すりの向こうに身を乗り出した。

休んでいる泳ぎ手のように彼は梯子につかまってぶら下がり、海の稲光は動くたびにその手足の周りで戯れた。光にくるまれた彼は、おぞましい、銀色の、魚のような何かに見えた。そして魚のように物言わぬままだった。水から出ようと動くそぶりも見せなかった。船に上がってこようとしないなどとは考えられないし、ひょっとして上がってきたくないのかと思うと妙に心乱されもする。そして私の最初の一言は、まさにその心乱される不安に促されて発せられたのだった。

「どうしました？」私は普通の口調で、私の顔のぴったり真下で上を向いている顔に語りかけた。

「足が攣《っ》って」と答えたその声も、私の声以上に大きくはなかった。それから、わずかに心配げに、「いや、べつに人を呼ぶには及ばない」と言った。

「そのつもりもなかった」と私は言った。

「甲板にはあなた一人か？」

「ああ」

なぜか私は、彼がいまにも梯子を手放して、私の目の届かぬところへ、現われたときと同じくらい謎のままに過ぎ去ってしまうのだという気がした。だが当面、海底から上がってきたように見えるこの存在（この船に一番近い地面は実際たしかに海底なのだ）は、いま何時かと問うただけだった。私は教えてやった。すると、下の水にいる彼は、探るように言った。

「船長はもう寝床に入っただろうね？」

「いや、きっとまだだ」と私は言った。

彼は心中大いに迷っているようだった。低い、苦々しい疑念の呟きのようなものが聞こえたからだ。「何になる?」。次の言葉がどうにか、ためらい交じりに出てきた。

「なあ、君、船長をこっそり呼び出してもらえるかな?」

そろそろ正体を明かす潮時だと私は思った。

「私が船長だ」

「何だって!」と水面でささやくのが聞こえた。手足の周りで水が渦巻いて燐光がきらめき、もう一方の手が梯子を摑んだ。

「私の名前はレガット」

落着いた、確固とした声だった。いい声だ。この男の冷静さは、なぜか私にも同様の状態を引き起こした。ひどく静かに私は言った。

「泳ぎが達者なんだね」

「ああ。九時からほぼずっと水に入っている。いまの問題は、この梯子を放して疲れて沈むまで泳ぎつづけるか、それとも——この船に乗り込むかだ」

これは必死の発言につきものの決まり文句などではなく、強靱なる魂が見据えている本物の選択肢なのだと私には思えた。ここから彼が若いということも、私としては推測してしかるべきだったただろう。かくもはっきり分かれた選択肢に直面するのは若い人間だけだ。けれどそのときは私にも、まったくの直感しかなかった。静まりかえった、暗くなった熱帯の海を前にして、すでに私たち二人のあいだには神秘的な意思疎通が成り立っていた。そして私も若かった。そう言われても何も論評しないくらい若かった。水の中の男はいきなり縄梯子を登りはじめ、私は何か着せるものを取りに行こうと急いで手すりを離れた。

船室に入る前に立ちどまり、階段の下のロビーで耳を澄ました。かすかないびきが、一等航海士の部屋の閉ざされたドアの向こうから漏れてきた。二等航海士の部屋のドアは開けたままフックで留めてあったが、中の闇からはまったく何の音もしなかった。彼もまた若く、石のように眠れるのだ。残りは給仕長だが、こちらは呼ばれるまでは目を覚ますまい。私が自分の部屋から夜着を出してきて、甲板に戻っていくと、海から現われた裸の男が主艙口《メーンハッチ》に腰かけているのが見えた。闇の中でその体がほのかに白く光り、両肱を膝に載せ、頭を両手で抱えている。たちまち彼は濡れた体を私が着ているのと同じ灰色の縦縞が入った夜着で隠し、船尾楼の上を、私の分身のようにうしろからついて来た。私たちは共に船尾へ、裸足で、何も言わず動いていった。

「何があったんだ?」と私は押し殺した声で、火の点いたランプを羅針儀台から出して彼の顔の方に持ち上げながら訊いた。

「嫌な話でね」

顔立ちは整っている方である。形のよい口、目の色は薄いがその上の眉はやや濃く色も黒い。滑らかで四角い額。頬にひげはないが、小さな茶色い口ひげがあり、あごも丸くよい形。その顔に私がかざしたランプの、あたかも検分するような光の下、表情は張りつめ、思索的である。一人きりで真剣に考えている男が帯びそうな表情だ。私の夜着は彼にぴったりの大きさだった。がっしりした、せいぜい二十五の若者。並びのいい白い歯の先で、彼は下唇を噛んだ。

「なるほど」と私は言って、ランプを羅針儀台に戻した。暖かい、重たい熱帯の夜がふたたび彼の頭の上で閉じた。

「あそこに船がいるだろう」と彼は小声で言った。

「うん、知ってる。シフォーラ号だろう。君らはこの船のこと、知ってたのか？」

「考えもしなかった。僕はあの船の一等航海士なんだが――」彼は言葉を切って訂正した。

「だったがと言うべきだな」

「ほう！　何かまずいことでも？」

「ああ。非常にまずいことがね。人一人、殺したんだ」

「どういう意味だ？　たったいまか？」

「いや、航海中に。何週間も前だ。南緯三十九度線で。人を殺したと言ったが――」

「激情に駆られて」と私は確信をもって言い添えた。

影に包まれた、私のと似た黒い頭が、私の夜着の禍々《まがまが》しい灰色の上でわずかにうなずいたように見えた。夜の闇の中、くすんだ巨大な鏡の奥に映った私自身の像と向きあっている気がした。

「コンウェイ〔英商船学校の将校養成船〕出が、こんなことを白状するとはな」と私の分身は小声で、しかしはっきりと言った。

「君、コンウェイ出なのか？」

「ああ」ハッと驚いたかのように彼は言った。それから、ゆっくりと……「ひょっとして君も――」

　そのとおり。だが歳は二つばかり上なので、こっちは彼が入る前に卒業している。年や月を口早に伝えあうと、沈黙が生じた。私はふと、おぞましい頬ひげと「いやはや何と！　さようでありますか」的知性を携えたわが馬鹿げた航海士のことを思い浮かべた。と、私の分身がこう言って、頭の中で何を考えているかの一端を見せてくれた――「僕の父はノーフォークで牧師をしている。僕が殺人犯の汚名を負って裁判官と陪審員の前に立ってる姿が思い浮かぶかね？　僕自身にはその必然性が見えない。空から降りてきた天使にだって耐えられない人間がこの世には――だいいち僕は天使なんかじゃない。そいつは単に、愚かしい邪悪さを年じゅうふつふつ煮えたぎらせているたぐいの人間だった。生きてる筋合なんか全然ない、浅ましい連中の一人さ。自分の義務も果たさないし、他人が義務を果たすのも許さない。でも話したって何になる！　君もよく知ってるだろう、そういうたちの悪い、歯を剝き出した雑種犬は――」

　あたかも着ているものと同じくらい私たちの経験も同一であるかのように、彼は私の興味をそそった。そして私も、法的な抑圧がないところでそういうたちの悪い性格が及ぼす伝染性の危険のことはよく知っていた。それにまた、そこにいる私の分身が、人殺しの気質を有するごろつきなどでないこともよくわかった。細かい説明を求めようなどとは思わなかったし、向こうも話を荒っぽい、ぶっきらぼうでつながりを欠く言葉で語るだけだった。私にはそれで十分だった。そのもうひとつの夜着の中にいるのが自分自身であるかのように、すべてが順ぐりに起きていくさまが私には見えた。

「黄昏どき、前檣帆《フォースル》を縮めて張っている最中のことだった。縮帆《しゅくはん》した前檣帆だぜ！　どういう天気だったか、わかるだろう〔縮帆は風を受ける面積を少なくするために行なう〕。船をなおも走らせるために残っていたのはその帆だけだった、と言えばそれまでの数日どんな有様だったか想像がつくよね。なかなか気を揉む仕事だったよ、実際。奴は帆脚索《ほあしづな》を操りながら僕に対しておそろしく無礼な態度を取った。とにかく僕は、いつまでも終わらないんじゃないかと思えるひどい天候に疲れきっていた。ほんとにひどい天気でさ——しかも船の喫水はえらく深いときている。そいつもきっと、怖さに気も狂わんばかりになっていたんだと思う。紳士的に叱責している場合じゃなかったから、僕はあっさり奴の方を向いて、牡牛を倒すみたいに殴り倒した。向こうは起き上がって飛びかかってきた。僕たちが組みあうと同時に、すさまじい波が船に向かってやって来た。波が来るのを見てみんな索具につかまったが、僕は奴の喉を押さえ込んで、鼠みたいにその体を揺すぶった。僕らの上にいる連中が『波が来るぞ！　波が来る！』とわめいていた。それから、ズン、とまるで空が頭に落ちてきたみたいな衝撃が僕を見舞った。十分以上、船はほとんど見えなかったそうだ——三本のマストと、船首楼《フォクスル》と船尾楼のてっぺんが若干見えるだけで、それがみんな泡に覆いかぶさられるようにして進んでいった。そんななかで、前檣の繋柱《けいちゅう》の陰に一緒に押し込められた僕たち二人を連中が見つけたのは奇跡だった。僕が本気だったのは明らかだ。引っぱり上げられてもまだ、奴の喉をがっちり押さえていたんだからね。奴の顔は黒ずんでいた。さすがに彼らも慌てたね。組みあったままの僕たちを、船尾の方へ大急ぎで運んでいこうとしているらしく、狂人の群れみたいに『人殺しだ！』と口々にわめきながら食堂に飛び込んでいった。船も船で必死に走っていて、つねに破滅の一歩手前、見ただけで髪がいっぺんに白くなってしまいそうな海にあっていつ最後の瞬間が訪れてもおかしくなかった。どうやら船長もほかの連中と同じようにギャアギャアわめき出したらしい。何しろもう一週間以上眠りを奪われていて、その上にすさまじい暴風の只中でこんな事件を喰らったものだから、ほとんど発狂寸前に陥ったんだ。それにしても、奴らが大切な船乗り仲間の亡骸《なきがら》を僕の指から引き剝がしたあと、よく僕を海に投げ込まなかったものだと思う。僕と奴とを引き離すのはずいぶん大仕事だったと言われた。老いた裁判官とご立派な陪審員たちが少しは背筋をのばしそうな荒っぽい話さ。僕が意識を取り戻してまず聞こえてきたのは、そのはてしない暴風のヒューヒュー気が変になりそうなうなりと、それに乗っかった老いぼれ船長の声だった。親爺さんは僕の寝台につかまって、暴風雨帽の下から僕の顔を覗き込んでいた。

「ミスタ・レガート、君は人を殺した。もはや君はこの船の一等航海士を務めることはできない」

抑えようと気をつけているせいで、彼の声は単調に聞こえた。天窓の端に手を掛けて体を支え、私の見るかぎりずっと手足一本動かさなかった。「静かなお茶会にうってつけの素敵なお話さ」と彼は同じ口調で締めくくった。

私も片手を天窓の端に掛けていた。私もやはり、私の知るかぎり手足一本動かさなかった。私たち二人は一フィートとあいだを置かずに立っていた。私はふと思った。例の「いやはや何と！ さようでありますか」が昇降口から上に首をつき出して私たちの姿を捉えたら、ものが二重に見えていると思うか、変てこな妖術の現場に行きあたったと考えるかだろう。変わり者の船長が、舵輪のかたわらで、自分自身の灰色の幽霊と静かに談笑している。そういう事態は極力避けたいと私は強く思った。彼の心和む小声が聞こえた。

「僕の父親はノーフォークで牧師をしている」。この重要な事実をさっき述べたことを、明らかに忘れている。まったくもって素敵なお話。

「もう僕の船室に入った方がいい」と私は言って、ひっそり立ち去りはじめた。私の分身もその動きに従った。私たちの裸足の足は何の音も立てなかった。彼を中に入れて、慎重にドアを閉めてから、二等航海士に声をかけ、交代を待つべく甲板に戻った。

「まだあまり風の気配はない」近づいてきた二等航海士に私は言った。

「ええ船長、そうですね」と相手は眠たげなしゃがれ声で同意した。必要最低限の敬意を込めたのみで、あくびをろくに隠しもしない。

「まあ、いまはそれだけ見ていればいい。命令は以上だ」

「承知しました、船長」

船尾楼の上を私は一、二度往き来し、二等航海士が後檣の段索に片肱を載せ、前を向いて位置につくのを見届けてから下へ降りていった。一等航海士の微かないびきは依然安らかに続いている。花を活けた花瓶の載ったテーブルの上で食堂のランプが燃えていた。花は食料商の心遣いである。今後最低三か月のあいだ、これが私たちの見る最後の花であるだろう。梁からは二房のバナナが左右対称に、舵の覆いの両横から垂れている。船の中は何もかもいままでどおりだ。船長の夜着が二つ同時に着用され、一着はこの食堂で不動の状態にあり、もう一方は船長室でじっと静かにしていることを除けば。

ここで説明しておかねばならないが、私の船室は大文字のLの形をしていて、ドアはその角の内側にあり、L字の短い方に向かって開く。左側にカウチがあって、右側に寝台。書き物机と高精度時計台《クロノメーター》はドアと向きあっている。けれど誰がドアを開けても、中まで踏み込まない限り、L字の長い方の辺（すなわち縦の辺）は見えない。そちらにはロッカーがいくつか並んだ上に本箱がひとつ載っていて、若干の衣服――厚い上着が一、二着、帽子、油布の防水着等――がフックに掛かっている。その部分の一番奥に、浴室に通じるドアがある。浴室へは談話室《サルーン》からも直接行けるようになっているが、その経路が使われることはまったくなかった。

謎の訪問者は、この形の利点をすでに発見していた。私が自室に、書き物机の上の常平架《ジンバル》〔クロノメーターなどを水平に保つ装置〕から揺れている大きな隔壁灯に照らし出されながら入っていくと、どこにも姿は見えなかったが、やがて、奥まった部分に吊された上着類の陰から静かに歩み出てきた。

「誰かが動くのが聞こえたんで、すぐにそこへ入ったんだ」と彼はささやいた。

私もひそひそ声で話した。

「ノックして許可を得ないかぎり、ここにはまず誰も入ってこないよ」

彼はうなずいた。病気でもしていたみたいに顔は痩せ、日焼けも褪せていた。無理もない。まもなく聞かされたところでは、ほぼ七週間近く、自室に拘禁されていたという。けれど目や表情に病んだ感じは少しもなかった。実際のところ、彼は全然私に似ていなかった。とはいえ、黒い髪の頭を寄せあい背中をドアに向けた私たち二人が、寝台に覆いかぶさるように並んで立ってひそひそ話を交わす最中、このドアをこっそり開ける度胸のある者がいたら、二重の船長がもう一人の自分とひそひそ話に勤しむ異様な光景が見られたことだろう。

「けれどそれだけ聞いても、君がどうやってこの船の船ばたから垂れた縄梯子にしがみつくに至ったかはわからないな」と私は、二人とも使っている辛うじて聞きとれるひそひそ声で、悪天候が過ぎたのちのシフォーラ号上でのやりとりについてさらにある程度聞いた末に言った。

「ジャワ岬が見えた時点では、僕はもう、もろもろの問題をくり返し考え抜いていた。何しろ六週間、ほかには何もすることがなくて、後甲板を毎晩一時間ばかり歩かせてもらえるだけだったからね」

彼は寝台の横枠に組んだ腕を載せ、開いた舷窓《げんそう》の外をじっと見ながらささやいた。そして私は、この考え抜く作業の様子を完璧に思い描くことができた。不断に持続するわけではなくとも、執拗に続けられる営み。私にはとうていできそうにない。

「陸に接近する前に暗くなるだろうと僕は踏んだ」と彼は、ぴったり隣りあって肩がほとんど触れあっているのにこっちが耳を凝らさないといけないほど低い声で続けた。「そこで僕は、船長と話がしたいと頼んだ。僕に会いにくるとき、親爺さんはいつもえらく胸糞悪そうだった。まるで僕の顔もまともに見られないみたいだった。何しろあの前檣帆が船を救ったんだ。暴風の中、帆を揚げずに走るには船は喫水が深すぎた。そしてあの帆を張ってやったのはこの僕だった。まあとにかく、船長はやって来た。向こうがキャビンの中に入ってくるとすぐ――ドアのそばに立って、僕の首にすでに縄が掛かってるみたいな顔をしていたよ――船がスンダ海峡を通っているあいだは夜に僕の船室の鍵を掛けないでほしいと頼んだ。アンジェ岬の沖合に来れば、ジャワ島の沿岸まで二、三マイル以内だ。それで僕には十分だ。コンウェイの二年生のとき、水泳で賞を取ったんだからね」

「信じられるよ」と私は息を吐き出すように言った。

「なぜ毎晩鍵を掛けて閉じ込められたのか、さっぱりわからない。人によっては、僕がみんなを絞め殺して回るんじゃないかと恐れてるみたいな顔だったよ。僕は人殺しの獣か？　そう見えるか？　やれやれ！　もしそうだったら、親爺さんだってそんなふうに僕の部屋に入っちゃこなかったろうよ。あっさりその場で船長をつき飛ばして逃げればよかったのに、と君は言うかもしれないな——実際、外はもう暗かったしね。でも無理だ。そしてそれは、ドアを叩き割ろうなんて考えないのと同じ理由だ。音を立てたら、止めようとしてみんな飛んできただろうし、取っ組みあいなんかになるのは真っ平だ。そうなれば、また死者が出たかもしれない。逃げ出すからにはおめおめ連れ戻される気はないし、もうそういう騒ぎは願い下げだった。で、船長は拒否した。いつにも増して胸糞悪そうだった。船長は部下たちを怖がっていた。それに、何年も一緒に乗ってきた二等航海士——白髪頭の老いぼれのペテン師だ——のことも怖がっていた。それをいえば給仕長もずいぶん長いこと、十七年だったかもっとか一緒にやってきたはずで、こっちは独善的なたぐいの怠け者で、僕のことを単に一等航海士だというだけの理由で毛虫のように嫌っていた。シフォーラ号では一人の一等航海士が二度航海したためしがないんだよ。この年寄り二人が船を仕切っていたんだ。とにかく船長ときたら、やたら何でもかんでも怖がっていたな（あのひどい悪天候が続いて、もう神経はズタズタになっていたのさ）。法によって自分がどんな目に遭わされるかも怖がっていたし、それにたぶん奥さんのことも。うん、そうだよ！　船には奥さんも乗っていたんだ。まあ余計な口を出したりはしなかったと思うがね。奥さんとしても、とにかく僕が追い出されるのは大歓迎だったと思う。『カインの烙印』みたいな話さ。まあそれは構わない。こっちもカインよろしく地の上をさまよう旅に出る気は十分あった――あんなアベルを殺した僕としては相応の代償だ。だが親爺さんは耳も貸さなかった。『この一件はきちんと手続きを踏まないといかん。ここでは私が法を代表するのだ』。葉っぱみたいにぶるぶる震えていたよ。『じゃあ駄目なんですか？』『そうだ！』『ならば、あなたが枕を高くして眠れるといいですがね』と僕は言い捨てて奴に背中を向けた。すると奴は『お前が眠れるのが驚きさ』とどなってドアに鍵を掛けた。

　実は、そのあと、僕はまさに眠れなくなった。熟睡できなくなったんだ。それが三週間前のことだ。船はジャワ海をのろのろ進んでいて、カリマタ海峡のあたりを十日ばかりうろついていた。それからここに錨を下ろして、まあ大丈夫だと連中は思ったんだろうな。一番近い陸地は距離にして五マイル、これが船の目的地でもある。領事がすぐに僕を捕まえる算段にかかるだろうし、あっちの島の群れに逃げたって仕方ない。あそこには水の一滴もないだろうからね。で、どういう風の吹き回しか、今夜は給仕長が夕食を持ってきて、僕が落着いて食べられるようにと、鍵を掛けずに部屋から出ていったんだ。で、僕は夕食を食べた――残らず、きれいに。食べ終えると、後甲板にぶらぶら出ていった。何かをしようという気があったとは思わない。ただ少し新鮮な空気が吸いたかっただけなんだと思う。と、突然の誘惑が僕を襲った。僕はスリッパを蹴って脱ぎ、それなりの決心もつかないうちに水の中に入っていた。バシャンという音を誰かが聞いて、すさまじい勢いで騒ぎ出した。『逃げたぞ！　ボートを下ろせ！　自殺したぞ！　いや、泳いでる』。そりゃ泳いでるさ。僕ほど泳げる人間が溺死自殺するのはそれほど容易じゃない。奴らのボートが船べりを離れもしないうちに、僕はもう、一番近い小島に上がっていた。みんな暗い中で漕ぎ回ったり、呼びかけたりしてるのが聞こえたが、そのうちに向こうもあきらめた。何もかもひっそり静かになって、停泊地は死んだみたいに何ひとつ動かなくなった。僕は石の上に腰かけて、考えた。奴らはきっと夜が明けたら探しにかかるだろう。こんな石ころばかりの場所じゃ隠れるところなんかないし、あったとして何になる？　とはいえ、せっかくあの船におさらばしたんだから、もう戻るつもりはない。だから少し経つと僕は服を全部脱いで、石を真ん中に入れた包みにして縛り上げ、その小島の外側の、深い淵の中に落とした。僕にしてみればこれで十分自殺だった。向こうがどう考えようと勝手だが、こっちは溺れ死ぬ気はない。僕は沈むまで泳ぐ気だった。それは溺れ死ぬのとは違う。で、別の小島に向かって泳いでいって、そっちの島から、この船の停泊灯が見えたというわけさ。いちおうめざすべき目標にはなる。ゆっくり泳いでいって、途中で水面から一、二フィートつき出た平たい岩に行きあたった。昼間だったらたぶん、この船尾楼から望遠鏡で見えるんじゃないかな。よじ登って、少し休んだ。それからまた泳ぎ出した。最後に泳いだ距離はきっと一マイルを超えていたね」

　ささやく声はどんどん微かになっていき、その間ずっと、星ひとつ見えない舷窓の外を彼の目はまっすぐ見据えていた。私も口をはさみはしなかった。彼の物語には、あるいは彼自身にどこか、論評を禁じるようなところがあったのだ。私には名づけようもない、ある種の気分、性質がそこにはあった。そして彼が語り終えると、私には無駄なささやきを発することしかできなかった——「じゃあこの船の光めざして泳いできたのか？」

「そうだ——まっすぐに。とにかくめざす目標にはなる。沿岸が邪魔になって空の低い方の星は全然見えなかったし、陸地も見えなかった。水はガラスみたいだった。深さ千フィート以上の、よじ登って這い上がれる場所も全然ない貯水槽で泳いでるみたいなものだ。でも、気のふれた牡牛みたいに同じところをぐるぐる回ってやがて力尽きる、なんて冗談じゃない。それに、戻る気はなかった……そうとも。あのへんのどっかの島の近くで、素っ裸の姿で捕まった、野生の獣みたいにばたばた暴れてる僕が、首根っこを摑まれ連れ戻される、なんて想像できるかい？　そうなったら、間違いなく誰かが死んだね。そんなことこっちは望んじゃいない。だから先へ進んだ。そうしたらこの船の梯子が——」

「どうして声をかけなかったんだ？」と私は少し声を大きくして訊いた。

彼は私の肩に軽く触れた。気だるげな足音が、私たちの真っすぐ頭上に来て、止まった。二等航海士が船尾楼の向こう側から渡ってきたのだ。ひょっとしていま、手すりから身を乗り出し下を覗いていてもおかしくない。

「話、聞かれてない——よね？」わが分身は心配そうに、まさに私の耳に息を吹き込むようにして言った。

その心配が、答えだった。私が発した問いに対する十分な答え、状況に含まれたあらゆる困難を取り込んでいる答え。私は念のため、そっと舷窓を閉めた。たしかにもっと大きい声だったら聞かれてしまっていたかもしれない。

「いまの、誰だ？」舷窓が閉まると彼はささやいた。

「二等航海士だ。もっとも、僕も奴のことは、君とほとんど同じくらい知らない」

それから私は少し自分のことを彼に話した。藪から棒に船の指揮を命じられてから、まだ二週間も経っていない。この船のことも乗組員たちのことも知らない。港で様子を見たり人物を値踏みしたりする暇もなかった。水夫連中も、こっちに関しては、船を本国に戻すよう命じられた人間、としてしか知らない。あとはもう、君と同じくらいこの船ではよそ者なんだと私は言った。口にしてみると、そのことがつくづく実感された。少しでも何かあったら、この船に乗っている連中の目に私はたちまち怪しい人物と映るだろう。

いつのまにか彼はこっちを見ていた。私たち、船上のよそ者二人は、同じ姿勢でたがいに向きあった。

「あの梯子――」少し沈黙があったあとに彼は呟いた。「こんなところに錨を下ろしている船が、夜に縄梯子を垂らしてるだなんて、誰が考える？　その瞬間僕は、ひどく不快なめまいを覚えた。九週間もあんなふうに暮らしたら、誰だって具合がおかしくなる。舵鎖《ラダーチェーン》まで泳いで回り込む力はもう僕にはなかった。ところが、見よ！　摑んでくれと言わんばかりに梯子が下がってるじゃないか。摑んでから『何になる？』と思った。で、男が一人首をのばしてこっちを見下ろしてるのが目に入って、これはさっさと泳いで立ち去ろう、何語でどなるか知らんがとにかくこいつには勝手にどならせて退散しよう、そう思ったわけだ。見られたこと自体は気にならなかった。むしろそれは――むしろ嬉しかった。それから君が、すごく静かに、まるで僕のことを待っていたみたいに声をかけてくれて、じゃあもう少しつかまっていようという気になった。何しろずっとものすごく寂しかったからね――泳いでたあいだのことじゃないぜ。シフォーラの乗組員じゃない誰かとつかのま話せるのが嬉しかった。船長と話させてくれって頼んだのは、単なる思いつきさ。話したって無駄だったかもしれない。そうしたら船の全員に僕のことを知られるわけだし、朝になれば向こうの連中がまず間違いなくここへやって来るだろう。どうなんだろうなあ……先へ進む前に人に見られたかった、誰かと話したかった、そういうことなんだと思う。船長と会ったら何と言ったことか……『いい晩ですねえ』とかかな」

「連中がじきに来ると思うかい？」私はなかば信じかねて訊いた。

「きっと来ると思うね」と彼は微かな声で言った。

突然彼は、おそろしくやつれた様子になった。頭がだらんと垂れて肩に載った。

「ふむ。まあ様子を見よう。まずはそのベッドに入りたまえ」と私はささやいた。「手伝いは要るか？　さあ」

下に引出しが一揃い付いた、かなりの高さがある寝台である。この驚異的な泳ぎ手は、事実私に片脚を摑んでもらって、そこに上がる手助けを必要としたのだった。転がるようにして寝床に入り、仰向けに倒れ込んで、目の上に片腕を渡した。そうやって顔をほぼ隠した状態になってみると、私がいつもそのベッドで寝ている姿とまったく同じに見えたにちがいない。もう一人の自分を私はしばらくじっと見てから、真鍮の吊り棒から下がった緑のサージのカーテン二枚をそっと閉じた。一瞬、念には念を入れて二枚をピンで留めようかとも考えたが、カウチに腰を下ろしてみると、立ち上がってピンを探すのが億劫に思えてきた。まあそのうちやればいい。私は極度に疲れていた。ここそこそふるまうことの緊張のせい、つねに声を落とすよう気を張っているせい、この一件のもたらす興奮全体を包んでいる秘密の気分のせいで、奇妙に親密な疲労に私は包まれていた。いまはもう三時だ。九時からずっと立ちっぱなしなのに眠くなかった。眠ろうとしても眠れなかったにちがいない。私は疲弊しきってそこに座り、カーテンを見ながら、一度に二つの場所にいるかのような混乱した感覚をふり払おうと努め、頭の中で何かがガンガン苛立たしく鳴っていることがひどく気になっていた。突然、それが頭の中などではなく、ドアの外で鳴っているのだとわかって思わずホッとした。落着いて考える間もなく「どうぞ」という言葉が口から出てしまい、給仕長が朝のコーヒーをトレーに載せて持って入ってきた。どうやら私は結局少し眠ったらしい。とっさにギョッとした私は、「こっちだ！ここにいるよ、給仕長」と、相手が何マイルも離れているかのような大声で叫んだ。相手はカウチの隣のテーブルにトレーを置いて、それからようやく、ひどく静かな声で「お姿見えております、船長」と言った。奴が私をしげしげと見ている気がしたが、いま目を合わせる気にはなれなかった。わざわざベッドのカーテンを閉めてからなぜカウチで寝たのか、きっと不審に思われたにちがいない。給仕長はいつものように、フックを掛けてドアを開けたまま出ていった。

乗組員たちが頭上で甲板を洗っているのが聞こえた。もし少しでも風が出ていたらすぐに知らせが届いたはずだ。凪《なぎ》か、と私は思って、二重に苛立った。実際、いままで以上に自分が二人いる気分だった。と、給仕長が突然戸口に現われた。私がそのとたんにカウチから跳ね上がったものだから、相手はビクッとした。

「何の用だ？」

「舷窓をお閉めください、船長。甲板を洗っておりますから」

「閉まっているよ」私は顔を赤らめながら言った。

「承知しました、船長」。だが彼は戸口から動こうとせず、私の凝視にも目をそらさず、しばし何とも異様な、どうとも取れる目つきを返した。それから、視線が揺らいで、表情ががらっと変わり、いつになく穏やかな、ほとんどなだめるような声で——

「飲み終えられましたカップ、片付けに入ってもよろしいでしょうか、船長？」

「もちろん！」。相手がそそくさと入ってきて出ていくあいだ、私は彼に背を向けていた。それからフックを外してドアを閉め、閂まで差した。こんな事態を長く続けられはしない。それに船長室の中はオーブンみたいに暑かった。わが分身をちらっと覗いてみると、さっきから少しも動いておらず、片腕は目を覆ったままだった。けれど胸は上下に揺れている。髪は濡れている。あごの先が汗で光っている。私は彼の向こう側に腕をのばして舷窓を開けた。

「甲板に姿を見せておかないと」と私は考えた。

もちろん、理屈としては、私は何をしたっていいはずだ。水平線の広い輪の中、船長に逆らえる人間は一人もいない。とはいえ、船長室に施錠して鍵を持っていってしまう、というのはさすがにはばかられた。昇降口から顔を出したとたん、航海士二人が船尾楼の端近くにいて――二等航海士は裸足、一等航海士はゴムの長靴をはいている――船尾楼の梯子の真ん中あたりにいる給仕長が二人に向かって勢い込んで喋っているのが見えた。私の姿が目に入ると奴はさっと引っ込み、二等航海士は何やら命令を叫びながら主甲板に駆け下りていき、一等航海士は帽子に手を触れて私の方に寄ってきた。

相手の目に浮かぶ一種の好奇心が、どうにも気に喰わなかった。給仕長が二人に、私のことを単に「奇っ怪」とでも言ったのか、まるっきり酔っ払っていると言ったのかはわからないが、とにかくこの男が私をよく見ようという気でいたことは確かだ。奴がやって来るのを私は笑顔で迎えた。至近距離に入ってくるにつれて笑顔が功を奏し、頬ひげまでが凍りついた。相手が唇を開く余地を私は与えなかった。

「全員朝食をとる前に、吊綱《リフト》と転桁索《ブレース》で帆桁《ヤード》を整えたまえ」

それは私がこの船で下した初めての具体的な命令だった。そして私は甲板にとどまり、それが実行されるのを見届けた。一刻も早く自分の力を誇示しておく必要を感じたのだ。これでせせら笑うヒヨッ子も高慢の鼻をへし折られたわけだが、私はこの機をさらに利用し、船尾寄りブレースめざして私の前を過ぎていく平水夫全員の顔をじっくり観察した。そして朝食の席で、私が何も食べずおそろしく冷ややかな威厳とともに鎮座しているものだから、航海士二人は体裁上最低限とどまっただけでそそくさと退散していった。その間ずっと私は、心が二重に働くせいで気もそぞろとなって、ほとんど発狂せんばかりの有様だった。私はつねに自分を、秘密の自分を見ていた。私の人格が私のふるまいで決まるように、私のふるまいに依存している彼は、あそこの、食卓の上座についた私と向きあったドアの向こうのベッドで眠っている。本当に発狂状態とよく似ていたが、それをはっきり自覚しているぶん、こっちの方がたちが悪い。まる一分、彼の体を揺すらないといけなかったが、やっと目が開いたときにはもう五感をはっきり把握していて、問うような表情が顔に浮かんだ。

「いまのところすべてうまく行っている」と私はささやいた。「今度は浴室に消えてもらわないと」

幽霊のように音もなく彼がそうしてから、私はベルを鳴らして給仕長を呼び、臆せず相手とまっすぐ向きあって、私は風呂に入るからそのあいだに部屋を掃除してくれと指示した。「手短にやってくれたまえ」。有無を言わせぬ私の口調に、給仕長は「かしこまりました、船長」と答え、ちり取りとブラシを取りに飛んでいった。私は風呂に入った。給仕長に聞かせるべく私が髪を整えたり水を撥ねたり軽く口笛を吹いたりしているあいだ、わが人生の秘密の共有者はその狭い空間でぴんと背筋をのばして立ち、昼の光のなか顔はひどく落ち窪んで見え、わずかに寄った眉の厳めしく黒い線の下の瞼は伏せられていた。

彼を置いて私が部屋に戻っていくと、給仕長はちり払いを終えているところだった。私は一等航海士を呼び出し、何やらどうでもいい会話に引き込んだ。彼の頬ひげのおぞましさを軽んじるような真似だったわけだが、私の目的は、一等航海士に船長室をじっくり見る機会を与えることだった。そうすればあとは、船長室のドアを心おきなく閉めて、私の分身をふたたび奥まった箇所に連れ戻すことができる。ほかにやりようはない。小さな折畳み丸椅子に、ぶら下がっている重たい上着の行列に息も詰まらされつつじっと座っていてもらうしかない。我々が耳を澄ますなか、給仕長が談話室から浴室に入っていく。壜に水を入れ、浴槽をこすって洗い、いろんな物の位置を整え、パッパッと払い、バンと叩き、カタカタ鳴らす――ふたたび談話室に出ていく――鍵を回す――カチャッ。これがわが第二の自己を透明に保っておくための私の計画だった。この状況にあって、これ以上の案は望めない。かくして私たちはそこにじっとしていた。私は書き物机に向かって座り、何か書類仕事で忙しいように見せる態勢を整え、彼は私の背後、ドアから見えないところにひそんでいる。昼のあいだ話をするのは賢明ではないだろうし、自分に向かってささやいているという奇妙な感覚の興奮に私が耐えられるとも思えなかった。時おりうしろをチラッとふり返ると、ずっと奥の方で彼が、こわばった姿で低い丸椅子に座り、裸足の両足をぴったりくっつけ、腕を組み、頭を胸の上に垂らしている——そしてぴくりとも動かずにいる——姿が見えた。誰が見ても私だと思ったことだろう。

その事実に、私自身が魅入られていた。何度もうしろをふり返らずにいられなかった。そうやって彼を見ていると、ドアの外で声がした。

「失礼します、船長」

「何だね？」……私の目は彼に向けたままだったから、ドアの外の声が「ボートが一艘《そう》こっちへやって来ます、船長」と宣言したときに彼がギクッとするのが見えた。この数時間で初めて見せた動きだった。だが垂れた頭を上げはしなかった。

「わかった。梯子を出せ」

私はためらった。彼に何かをささやくべきか？　でも何を？　彼の不動はまったく乱されなかったかのように見えた。私が言ってやれることで、彼がまだ知らないことなどあるか？……

結局私は甲板に上がっていった。

II

シフォーラ号の船長は、顔じゅうに薄い赤ひげが広がり、その色の髪に合った顔色の男だった。加えて目は少し変わった、にじんだような色合いの青。見栄えのする風采とは言いがたい。いかり肩で、背丈はせいぜい中くらい、片方の脚がもう一方よりわずかにがに股である。握手をしながら、船長はぼんやり周りを見回した。生気なき粘り強さ、がどうやらこの男の主たる特徴らしい。私が妙に礼儀正しくふるまうものだから、相手は面喰らっているようだった。人づき合いは苦手なのだろうか。こんなことを話すのは恥ずかしいのだが、と言いたげな態度で私に向かって小声でもごもご呟く。まず名を名乗り（たしかアーチボルドとかいったと思うが、これだけ年月が経ってしまうともはや定かでない）、船の名を告げ、そういったたぐいの事柄をいくつか、不承不承陰鬱な声で自白する犯罪者の口調で伝えた。往路の天候はそりゃもうひどいものでして——ほんとにひどくて——いやほんとにひどいんです——よりによって女房が乗っておるのに。

この時点ではもう私たちは談話室に座っていて、給仕長がトレーに載せてボトルとグラスを持ってきた。「ありがとう！　遠慮します」。酒は一滴もやらんのです。ですが水をいただけると有難いのですが。タンブラー二杯分の水を船長は飲んだ。えらく喉の渇く仕事でして。夜明け以来ずっと、船の周りの島々を回っておりましたから。

「何のために——気晴らしですか？」礼儀正しい興味を装って私は訊いた。

「いやいや！」。相手はため息をついた。「辛い義務です」

あちらは相変わらずもごもご小声で喋るし、こっちはわが分身に一言残らず聞かせたかったから、申し訳ありませんが当方耳が遠いのです、と伝えるという方策を思いついた。

「まだお若いのにねえ！」相手はにじんだような青い、愚鈍な目を私に据えたままうなずいた。

「原因は何だね――何かの病気かね？」と同情のかけらも示さず、病気だったら自業自得だと言いたげな口調で問うた。

「ええ、病気です」と私が陽気な調子で認めたものだから、相手はびっくりした様子だった。だがとにかく策は功を奏した。船長は声を張り上げて物語を語らねばならなくなったのだ。その逐一をここに記すには値しない。事件から二か月ちょっと経っていて、一連の出来事についてあまりにさんざん考えてきたものだから、船長はもう、その全体像をまるっきり見失っていた。それでも、強い感銘もいまだ失っていなかった。

「そんなことが自分の船で起きたら、あんたどう思うかね？　わしはね、シフォーラ号を十五年指揮してきたんだ。これでも船長としちゃ名が通ってる方でね」

鈍い頭で、すっかり途方に暮れている。おそらく私としても、第二の自己のごとくに船長室を人知れず共有している者の姿を脳裡から消せるものだったら、この人物に同情できたのではないか。隔壁の向こう側、談話室に座っている私と船長からほんの四、五フィートくらいのところにわが分身はいる。私は礼儀正しくアーチボルド船長（というのがその名であるなら）に目を向けていたが、見えていたのはもう一人の、灰色の夜着を着た、低い折畳みの丸椅子に座った、裸足の両足をくっつけ、腕を組み、胸に垂らした黒髪の頭に付いた耳で私と船長が交わす言葉を一言漏らさず取り込んでいる人物だった。

「もう三十七年、小僧っ子のころからずっと海に出てきたが、イギリスの船でこんなことが起きたなんて聞いたことがないね。しかもそれが自分の船で起きたときてる。よりによって女房も乗ってるのに」

私はろくに聞いていなかった。

「ひょっとして」と私は言った。「いまおっしゃった、そのときに船まで上がってきた大波のせいで死んだということは考えられませんか？　ひたすら海の水の重みで、人が一人死ぬのを見たことがありますよ――あっさり首の骨が折れたんです」

「なぁにを！」相手は堂々、にじんだ青い目で私を睨みつけて言い放った。「海の水だと！海の水で死んだ人間があんなふうに見えたりするもんか」。私の問いかけに心底憤慨している様子だった。まさかこの男が何か独創的なことをするなんて思いもしなかったが、私がじっと見入るなか、相手は頭を私の頭に近づけてきて、私に向かっていきなりニョロッと舌をつき出した。私は思わずうしろに跳びのいた。

私の泰然ぶりにかくも劇的な一撃を加えたのち、船長はさも賢者然としてうなずいた。あんたもあれを見たら一生忘れんだろうよ、と彼は請けあった。あまりの悪天候で、まともな水葬もしてやれない。そこで翌日の夜明けに船尾楼へ運んでいって、顔を旗の切れ端で包み、船長自ら短い祈りの文句を読み上げてから、油布の防水着、長靴のままであっさり、山のごとくそびえる、恐怖に包まれた全乗組員の命もろともいまにも船を呑み込んでしまいそうな荒海に投げ込んだ。

「縮帆した前檣帆《フォースル》に救われたんですね」と私は口をはさんだ。

「そう——そうだとも」と船長は熱っぽく叫んだ。「神の特別な思し召しだとわしは信じて疑わんね、あんなハリケーンをいくつも耐え抜いたなんて」

「その帆を張ったおかげで——」私は言いかけた。

「神みずから手を下されたんだ」相手は私をさえぎった。「そうとしか考えられん。わし自身、命令を出すのに大いにためらったことは進んで認めよう。何に触っても失くしてしまいそうにしか思えなかったんだ。そうなったら、最後の望みも尽きてしまう」

暴風雨の恐怖がいまだ彼にとり憑いていた。しばらく好きに喋らせておいてから、私はさりげなく、細かい点に話を戻す調子で言った。

「それで、一等航海士をぜひとも陸の人々に引き渡したいということでしたよね？」

そのとおり。法の手に。その点に関するこの人物の根拠不明の執拗さには、どこか理解を絶する、ほとんど空恐ろしいものがあった。「その手のことを自分が黙認している」と思われるのではという不安とはまったく別の、いわば何か神秘的なものがあったのだ。三十七年を海で高潔に過ごし、うち二十年以上非の打ちどころなく船を指揮し、最後の十五年はシフォーラ号に乗っていた。そのことの重みが、彼を何か容赦ない義務で縛っているらしかった。

「それにだね」胸の内のさまざまな感情を、恥じ入った様子で探りながら船長は言葉を続けた。「わしがあの若僧を雇ったわけじゃないんだ。あいつの家族が、船主連中にコネがあったんだ。

こっちとしては要するに、無理矢理押しつけられたわけで。まあ実に頭が切れそうで、物腰もえらく紳士的だったが、いいかね、わしはだね、なぜかはじめから、どうも虫が好かなかったんだよ。わしは無骨な人間だ。いいか、あいつはだな、シフォーラ号のような船の、一等航海士に相応しい人間じゃなかったんだよ」

思考も気持ちも、船長室の秘密の共有者とすっかりつながっていたから、私はまるで、お前はシフォーラ号のような船の一等航海士が務まる人間ではないとじきじきに言われた気がした。実際、務まらなかったにちがいないが。

「全然そういう人間じゃなかったんだ。わかるだろう」相手は私の顔を食い入るように見ながら不必要に言い張った。

私は如才なく微笑んだ。相手はしばし途方に暮れているみたいだった。

「自殺と報告せにゃなるまいなあ」

「は？」

「じーさーつ！　港に着いたらすぐ、船主たちに連絡せんと」

「明日までに見つかれば別でしょうがね」私は冷静な口調で応じた……「つまり、生きて見つかれば」

船長は何かもごもご言い、これは本当に聞こえなかったので、私は戸惑い顔で相手に耳を向けた。船長はほとんど胴間声を張り上げた。

「陸だよ――本土はわしの船の停泊しているところから、少なくとも七マイル離れておる」

「まあそのくらいでしょうね」

私の気のなさ、好奇心も驚きも表わさずいかなる興味も示さないことを、船長は不審に思いはじめた。私はといえば、いい塩梅に耳の遠さを装ったことを別とすれば、いっさい何も装おうと努めてはいなかった。無知を然るべく演じられる気が全然しなかったから、やってみるのも怖かった。それにまた、向こうはどう見てもはじめから人を疑う気でやって来ていて、私の礼儀正しさについても、奇怪で不自然な現象と見ているのだ。だが、ほかにどんな出迎えようがあっただろう？ 温かく友好的に、なんてありえない！ ここでわざわざ述べるまでもない、もろもろの心理的理由ゆえに、そんなことは不可能である。私の唯一の目標は、相手の穿鑿《せんさく》をかわすことだ。無愛想に？ それならありえたかもしれない、だが無愛想な応対は、単刀直入の問いを引き出してしまう恐れがあった。慇懃無礼な態度というのがこの男を御するには最良の手だ。この相手にとっては珍しいものであるだろうし、それを抜きにして考えても一番妥当である。とはいえ、そういう私の防御を相手があっさり無視し、ずかずか踏み入ってくる危険もある。そうなったらおそらく私は、この船長に面と向かって露骨に嘘をつくことはできなかったと思う。これもまたもろもろの心理的（倫理的ではない）理由ゆえである。私とあの男との一体感に、試練を課すようなふるまいに相手が出ることを私がどれだけ恐れていたか、もしこの船長に知られていたら！ だが妙なことに――（このことはあとになって初めて考えた）

――船長はおそらく、この奇怪な状況の裏面を感じとって少なからず動揺していたのだと思う。つまり、私の中の何かが彼に、目下探している男のことを思い起こさせ、はじめから信頼もせず虫も好かなかった若僧との不思議な類似を彼は感じたのだ。

　事実はどうであれ、沈黙はさほど長続きしなかった。船長はまた、斜めから攻めてきた。

「この船までボートでたぶん二マイル程度だったと思うね。二マイルを超えちゃいない」

「まあ十分長いですよ、この暑さですからね」と私は言った。

　ふたたび不信に彩られた沈黙が生じた。必要は発明の母と世に言うが、恐怖も案外、巧妙な提案を送ってよこしたりするものだ。そして私は、もう一人の私をめぐる情報を単刀直入に訊かれはしまいかと恐怖していた。

「どうです、いい談話室《サルーン》でしょう?」と私は、相手の目が閉じたひとつのドアからもうひとつのドアへとさまよっていることにいま初めて気づいたかのように言った。「設備もなかなかのものなんですよ。たとえば、ここが」とさらに言いながら、ぞんざいに椅子のうしろに手をのばしてドアをぱっと開けた。「浴室です」

　船長は色めき立って身を乗り出したが、チラッと一目見ただけだった。私は立ち上がり、浴室のドアを閉めて、自分の住処《すみか》がさも自慢であるかのように、一通りご覧くださいと誘った。相手はしぶしぶ立ち上がって案内を受け、面白くも何ともない説明に耐えた。

「お次は個室をご覧いただきます」と私は不自然にならぬ範囲で精一杯声を張り上げ、わざと重々しい足取りで部屋を横切り右舷に向かった。

相手は私について中に入り、あたりを見回した。わが賢明なる分身は姿を消していた。私はとことん役柄を演じた。

「どうです――実に便利でしょう?」

「結構だね。実に居心地が……」。船長は言い終えずに、私の何か邪《よこしま》なたくらみから逃れようとするかのようにそそくさと出ていった。だがそうは行かない。さっきあんなに怯えさせられたのだ。仕返ししてやりたいという気にならずにはいられなかった。この船長を、私はまんまと引きずり回している。このままずっと引き回してやるつもりだった。そういう私の、礼儀正しい執拗さには、どこか威嚇的なところがあったにちがいない。相手が突然屈服したからだ。そして私は、一室たりとも省いてやりはしなかった。航海士室、配膳室、貯蔵室、そしてこれも船尾楼の下にある収帆庫まで、船長はすべて中を覗かされる破目になった。やっとのことで後甲板に連れ出されると、長い、生気のないため息をつき、さも情けなさそうに、もういい加減船に戻らないと、ともごもご陰鬱に呟いた。私はさっきから合流していた一等航海士に、船長殿のボートを用意してくれたまえと頼んだ。

いつも首からぶら下げている笛を頬ひげ男はピューッと吹いて、「シフォーラ船長のお帰り!」と叫んだ。船長室にいる私の分身も間違いなく聞いて、きっと私に劣らずホッと胸をなでおろしたにちがいない。どこか前方から水夫が四人駆けてきて、船べりを越えて海に消え、一方私の部下たちも甲板に現われて手すりに並んだ。わが訪問客を私は仰々しく舷門まで案内し、もう少しでやり過ぎるところだった。船長は実に粘り強い輩《やから》だった。梯子に足をかけてもまだぐずぐずして、その独特の、疚しさ交じりの几帳面さでしつこさを貫いた——

「それで……君、どう思います……君、この船にまさか……」

私は大声で相手の声をかき消した——

「いいえとんでもない……おいでいただけてよかったです。それではこれで」

相手が何を言わんとしているのか、私にも見当はついた。耳が遠いという芝居を利用して、どうにか言い逃れたのだ。向こうはとにかくうろたえていて、それ以上しつこく訊くだけの気力はなかったが、別れの光景を間近に見ていた私の一等航海士は、何か変だぞという顔になって、考え込むような表情を浮かべた。航海士たちとの意思疎通をとことん避けようとしているみたいに見えては、私としても都合が悪い。それで私に話しかける機会を航海士は得ることとなった。

「実に好人物のようですな。あちらのボートで来た水夫たちが、こちらの水夫たちに何やらとてつもない話をしたようですね——まあ給仕長の話を信じるならですが。船長もたぶん、向こうの船長からお聞きになったんでしょうね？」

「ああ。船長からひとつ、話を聞いた」

「何とも恐ろしい事件ですねえ——そう思われませんか、船長？」

「そのとおり」

「ヤンキーの船でよく聞く、人殺しの話の上を行っていますよね」

「いや、それはないんじゃないかな。ああいうのとは全然似ていないと思う」

「いやはや何とも――さようでありますか！　でもまあもちろん私め、アメリカの船には一人の知り合いもおりませんから、そうおっしゃられれば何も反論できません。とにかく私めにとっては十分恐ろしい話です……。でも一番奇っ怪なのは、あの連中がどうやら、その男がこの船に隠れていると思っておるらしかったことです。本気でそう思っておったのです。聞いたこともありませんよねえ、そんな話」

「とんでもない話だね」

私たちは後甲板の上を斜めに行きつ戻りつしていた。前方の乗組員は誰一人見えず（その日は日曜日だった）、航海士はなおも続けた。

「ちょっとしたいさかいにもなりましてね。私どもの水夫たちが気を悪くしましてね。『俺たちがそんな奴かくまうってのか。じゃあお前ら、石炭置場に探しに来るか？』と申しまして。随分と言い争いましたよ。でもまあ結局仲直りしました。まあやっぱり、溺れ死んだんでしょうねえ。そう思われませんか、船長？」

「私は何も思わないようにしている」

「ではこの件、何の疑いも持たれぬのですか、船長？」

「まったく持たない」

私は唐突にその場を去った。印象を悪くしていることは感じとれたが、わが分身が下にいることを思えば、甲板に出ているのはひどく大きな試練だったのだ。まあ下にいるのもほとんど同じくらいの試練だったが。どう転んでも、神経を試される状況なのだ。それでも概して、分身と一緒にいるときの方が、引き裂かれるような気持ちは小さかった。船じゅうどこにも、打ちあけられる相手は一人もいない。水夫連中にも話を知られたいま、彼をほかの誰かだと偽って押し通すのは不可能だろうし、偶然に発見される恐れもいままで以上に増した……。

給仕長が晩の食卓をセットしているので、下に降りていった当初は目で会話することしかできなかった。午後もだいぶ進んでから、私たちは用心深くひそひそ話を試みた。日曜で船が静かであることが不利に働いたし、風と海の静けさも同じだった。天気も、水夫たちも、私たちに敵対している。私たちの秘密の協同関係のなか、何もかもが私たちに敵対し、時間それ自体ですら敵対していた――こんなことがいつまでも続くわけがないのだから。神の御心に任せるということすら、罪人の身では許されまい。白状してしまおうか、そう思って私の気持ちはひどく暗くなったと？　それにまた、成功を物語る書物にあってはきわめて重要となる、偶然の展開が生じる章に関しても、私たちにはむしろ閉ざされていることを願うほかない。いったいいかなる幸運な偶然が期待できるというのだ？

「全部聞こえたか？」それがまず、寝台の上に屈み込むように二人横に並んですぐ私が発した言葉だった。

答えはイエス。その証拠は、熱のこもったささやき声だった。「あの男、命令を出すのにひどくためらったとか言ってたよな」

救いの神となった前檣帆の話だ。

「ああ。張ったら失われてしまうのが怖かったって」

「いいかい、奴は命令なんて全然下さなかったよ。自分では下したつもりでいるかもしれんが、そんなのは嘘だ。主中檣帆《メーントプスル》も吹っ飛ばされた時点で、船尾楼の端に奴は僕と二人で立っていて、最後の望みがどうこうと泣き言を並べるばかりだった。ほんとに文字どおりの泣き声なんだ。ああ、おまけにもう夜が来てしまう！　とか何とか。あんな天候で、自分の船の船長があんなふうにえんえんやってたら、誰だって頭がおかしくなろうってものさ。僕は一種やけっぱちの気分に追い込まれた。ここはあっさり自分が取りしきることに決めて、腹が煮えくりかえる思いで奴から離れて、そして――でもこんなこと君に話して何になる？　君はもうわかってくれてるんだから！　……。君どう思う、もし僕が、水夫連中にあれほどきつく接していなかったら、奴らに何かやらせることができたろうか？　それはないね！　甲板長は、ひょっとして？　まあそうかもしれない！　とにかくあの海は、荒れた海なんかじゃなかった。あれは、発狂した海だよ！　きっと世界の終わりというのはあんな感じだと思う。まあ一回だけなら、それが訪れるのを見て、それでおしまい、で済む。だけどあんなのに来る日も来る日も向きあわされるとなると――僕は誰も責めもしないよ。だいたい僕だって、連中とほとんど変わりなかった。ただ――ただ僕は、おんぼろ石炭船の航海士だったわけで――」

「よくわかるよ」本気で請けあう言葉を、私は彼の耳の中へ送り込んだ。ずっとささやいていたせいで彼は息を切らしていた。わずかに喘ぐ音が聞こえた。実に簡単な話だ。とことん張りつめた神経の力が、一方では二十四人の男に、少なくとも生き延びるチャンスを与え、一方で一種の反動として、ろくでもない反逆者を一人押しつぶしたわけだ。

だがいまは、そのことの是非を推し量っている場合ではない。談話室から足音が聞こえ、重たいノックの音がしたのだ。「出帆できるくらいの風が出ました、船長」。いまからはこの新しい事態に頭を、さらには気持ちも注ぎ込まないといけない。

「全員甲板に集めろ」私はドアごしに叫んだ。「私もすぐ出る」

ここはひとつ、自分の船を知ろうという気だった。船長室を出る前、私たちの目が――船上でただ二人のよそ者同士の目が――合った。奥の方の、小さなキャンプ用折畳み椅子が待つ場所を私は指さし、指を一本唇に当てた。彼はしぐさで応えた。何やら曖昧な、どこか謎めいた、まるで後悔ゆえかと思えるかすかな笑いを伴ったしぐさだった。

生まれて初めて、船が自分の足下で、自分一人の命令に従って動くのを感じる男の心情――ここはそんなものをとうとうと語る場ではない。私の場合、その心情には別のものも混じっていた。私はもっぱら船とのみ共にあったのではない。あのよそ者が船長室にいたからだ。あるいは、私は完全に、全面的に船と共にあったわけではない、と言うべきか。私の一部がそこにはいなかったのだ。一度に二つの場所にいるようなあの精神状態が、肉体にも影響を及ぼした。あたかも、秘密を抱えているというその気分が、魂そのものにまで浸透したかのようだった。船が動き出してから一時間も経たぬうちに、かたわらに立っていた一等航海士にあの仏塔《パゴダ》の羅針方位を取ってくれたまえと頼んだとき、私は危うく、相手の耳元に唇を寄せてささやいてしまいそうになったのだ。危うくそうせずに済んだものの、その寸前までは行ってしまい、航海士をギョッとさせるには十分だった。相手は馬のごとく飛びのいた、とでも言うほかない。何か気まずい情報を抱え込んでしまったかのように、重々しい、うわの空の様子が、その後一等航海士から離れることはなかった。少し経って、羅針儀を見ようと手すりから離れたときも、あまりにこっそり歩いたせいで私は操舵手の注意を引いてしまった。彼の目が異様に丸くなっていることは嫌でもわかった。これらはささいな例にすぎないが、馬鹿げた奇癖があると疑われることは船長として何の得にもならない。それにもっと深刻な徴候も現われていた。すべての船乗りにとって、ある種の言葉、しぐさは、しかるべき条件下では、何か危険が及んだときに目が行なうまばたきのごとく自然に、本能的に出てこないといけない。ある種の命令は、考えずとも唇にのぼって来ないといけない。ある種の合図は、いわば内省抜きで、ひとりでに発せられねばならない。だがそうした無意識の気の張りいっさいが、私からは失われていた。船長室から眼前の状況へと自分を呼び戻すのに、いちいち意志の力を駆使しないといけなかった。

おおむね批判的な眼で私を観察している連中の目には、さぞかし優柔不断な指揮者に見えるだろうなと思った。

ひやっとさせられる場面もいくつかあった。たとえば海へ出て二日目、午後に甲板から下りてくると（素足に藁のスリッパをはいていた）私は配膳室の開いたドアの前で立ちどまり、給仕長に声をかけた。相手は私に背を向けて何かをしている最中だった。私の声を聞いて、彼はギョッと跳び上がらんばかりに驚き、カップをひとつ割ってしまった。

「君、いったいどうしたんだ？」私は唖然として訊いた。

給仕長はおそろしく混乱していた。「失礼しました、船長。てっきり船長室にいらっしゃると思いまして」

「見てのとおり、ここにいるさ」

「はい、船長。ただその、ついいましがた、船長室で船長が動かれる音がはっきり聞こえたと思いまして。いやこれは何とも不思議な……どうも失礼いたしました、船長」

ひそかに身震いしながら私はその場を去った。秘密の分身とはとことん一体化していたから、二人で交わす言葉少なな、恐怖に彩られたひそひそ話の中ではこの出来事に触れもしなかった。たぶん彼が、何か小さな音を立てたのだろう。ずっとまったく何の音も立てなかったとしたら、それこそ奇跡だ。とはいえ、やつれた様子ではあれ、彼はつねに自分を完璧に制御できているように見えたし、落着いているというにとどまらず、ほとんど何ものにも侵しようのない身に見えた。私の提案に従って、ほとんどの時間は浴室にとどまることになった。概してここが一番安全なのだ。ひとたび給仕長が掃除を済ませたら、あとは誰が入ろうにもいかなる口実もありえない。そこはひどく狭い場所だった。彼は時には床に横になり、両脚を曲げて、肱を枕にしていた。またあるときは、行ってみると折畳み椅子に座っていて、灰色の夜着、刈り込んだ黒髪の姿は身じろぎひとつせぬ辛抱強い服役囚のように見えた。夜になると私は彼を寝台へ連れていき、航海士の規則正しい足音が頭上を何度も何度も過ぎていくなか二人でひそひそ話を交わした。それは底なしにみじめな時だった。船長室のロッカーに、高級保存食品の缶詰がいくつかしまい込んであったのは幸いだった。乾パンはいつでも調達できた。かくして彼は、チキンシチュー、フォアグラのパテ、アスパラガス、調理済み牡蠣、イワシ等々、あらゆるたぐいのおぞましい偽物のごちそうの缶詰を糧に生き延びた。私の早朝のコーヒーも日々飲んだ。食べ物に関してはこれだけしてやるので精一杯だった。

　毎日、まず私の部屋が、次に浴室がごく普通に掃除されるよう、何とも忌まわしい手順を踏む破目になった。だんだん給仕長の姿を見るのも嫌になってきたし、この無害な男の声を聞くだけでゾッとするようになった。発覚の惨事をもたらすとすれば、たぶんこいつだろう。その危険が、私たち二人の頭上に剣のごとく垂れ下がっている。

　海へ出てたしか四日目（そのとき船は、軽い風の吹く穏やかな海にあって、シャム湾の東側をジグザグに間切って下っていた（「間切る」は前方から吹く風を利用すること））――不可避の運命相手のこの悲惨な曲芸の四日目、夕食の席上で、そのわずかな動きすらも私を怯えさせた男は、皿を食卓に置いてから、せわしげに甲板へ駆け上がっていった。これはべつに危険ではあるまい。まもなくふたたび下りてきた姿から、午後に船の上を通り過ぎていったにわか雨に濡れたので乾かそうと手すりに掛けておいた私の上着のことを彼が思い出したことが知れた。食卓の上席に愚鈍に座っていた私は、その服が彼の腕に載っているのを見てたちまち恐怖に陥った。むろん彼は私の部屋のドアに向かう。ぐずぐずしてはいられなかった。

「給仕長」と私はどなった。神経がひどく揺さぶられて、声の抑えは利かず、動揺も隠せなかった。まさにわがおぞましき頬ひげの航海士をして、人差し指で額をとんとん叩かしめるたぐいのふるまいである。奴が甲板で、大工を相手に秘密めいた様子で喋っているときにそのしぐさを行なうのを私は見たことがあった。遠すぎて話は一言も聞こえなかったが、その身振りは奇妙な新船長を指すとしか考えられなかった。

「はい、船長」青白い顔の給仕長は、諦めの表情とともに私の方を向いた。こうやってどなりつけられ、訳もへちまもなく呼びとめられ、気まぐれに船長室から追い払われ、出し抜けに船長室に呼び入れられ、理解不能な用事で配膳室から飛んで行かされ、等々、気が変にさせられそうなふるまいが続いたせいで、彼の表情はますます暗澹となってきていた。

「その上着を持ってどこへ行く？」

「お部屋にお持ちしようと思いまして、船長」

「またにわか雨が来るのか？」

「それはわかりかねます、船長。上がって見てまいりましょうか？」

「いや！　必要ない」

目的は達成された。中にいるもう一人の私にも、むろんいまの会話は全部聞こえている。この幕間劇《まくあいげき》のあいだ、二人の航海士はそれぞれの皿からまったく目を上げなかったが、忌まいましいヒヨッ子二等航海士の唇は見るからに震えていた。

給仕長が上着をフックに掛けてすぐまた出てくるものと私は思っていた。ところが、ひどく手間どっている。私は落着かぬ気分を懸命に抑えつけ、彼を呼びつけるのをこらえた。と、突然、なぜか給仕長が浴室のドアを開けようとしていることに私は気がついた（音がはっきり聞こえたのだ）。万事休すだ。浴室の中は猫を振り回す余地もない。私の声が喉で死にたえ、体じゅうが石と化した。驚きと恐怖の悲鳴が上がることを私は覚悟し、とっさに体を動かしたが、立ち上がるだけの力はなかった。何もかもが静止していた。第二の私が奴の喉を押さえつけたのだろうか？　あれでもし、給仕長が部屋から出てきてドアを閉め静かに食器台の前に立つのを見なかったら、次の瞬間自分が何をしでかしていたかわからない。

「助かった」と私は思った。「いや、違う！　いなくなったんだ！　出ていったんだ！」

ナイフとフォークを下ろして、椅子の背に寄りかかった。頭がくらくらした。少し経って、しっかりした声で喋れるくらい落着いてくると、私は一等航海士に、八時になったら船の向きを自ら変えに行くよう命じた。

「私は甲板に上がらない」と私はさらに言った。「少し横になろうと思う。風が変わらないかぎり、午前零時までは声をかけないでくれたまえ。少し気分が悪いんだ」

「ついいましがたも、たしかにかなりお悪いようにお見受けしました」と大して心配でもなさげに一等航海士は言った。

航海士が二人とも出ていき、私は給仕長が食卓を片付けるのをじっと見守った。この見下げた男の顔には何の表情も読みとれない。でもなぜ目を合わせようとしないのだろう。私はふと、この男の声の響きを聞きたくなった。

「給仕長！」

「はい、船長！」。例によってびっくりした声。

「上着はどこに掛けた？」

「浴室です、船長」。例によって不安げな口調。「まだ完全に乾いておりませんので、船長」

私はなおしばらく食堂に座っていた。私の分身は、来たときと同じように消えたのだろうか？　だがこの船に来るにあたっては理由があり説明もついたが、消える方は説明しようがない……。私はゆっくり暗い部屋に入っていき、ドアを閉め、ランプを点けた。少しのあいだ、部屋を見回す度胸も出なかった。やっとのことでそうすると、彼が奥の狭いすきまにぴんとまっすぐ立っているのが見えた。ギョッとしたという言い方は正しくあるまいが、この男が本当に肉体的に存在しているのか、抑えようもない疑念が脳裡をよぎったことは確かだ。もしかして、彼が私にしか見えないなんてことはあるだろうか？　まるで幽霊に憑かれたみたいだ。と、彼が体はぴくりとも動かさず、重々しい顔つきで、私に向けて軽く両手を上げてみせた。そのしぐさは明らかに「やれやれ！　間一髪だったよ！」と語っていた。まさに間一髪。私自身、じわじわと、狂気の本当にすぐ近くまで達していたのだと思う。あれより一歩でも進んでいたら、もうあっち側へ行ってしまったことだろう。彼のそのしぐさが、言ってみれば私を押しとどめてくれたのである。

　おぞましい頬ひげの航海士が、船の向きを変えようとしている最中だった。水夫たちが位置についたあとに生じる深遠な静寂の瞬間、船尾楼で航海士が上げる声が聞こえた。「下手舵一杯！」――その命令の遠い叫びが主甲板の上でくり返される。微風のなか、帆ははたはたと微かな音しか立てなかった。音が止んだ。船はゆっくり回っている。次はどうなるかと、私は息を殺し、新たに体を凍りつかせた。甲板には人っ子一人いないと思えるほどの静けさだった。突然の「主帆《メーンスル》引け！」というきびきびした叫びが呪縛を解いた。大檣転桁索《メーンブレース》を持って駆けていく水夫たちが頭上で騒々しく叫び、足音を立てるとともに、船長室にいる私たち二人は寝台のかたわらの定位置に集った。

　彼は私が訊ねるのを待たなかった。「奴がここでごそごそやるのが聞こえたから、大急ぎで浴槽に入ってしゃがみ込んだ」と私にささやいた。「ただドアを開けて腕をつき入れて上着を掛けただけだった。それでも――」

「全然思いつかなかった」と私はささやき返した。まさに間一髪だったことにあらためて愕然とさせられるとともに、彼の人格の中にある、何ものにも屈しない、かくも見事に難局を乗り切らせているものの存在に私はつくづく感じ入った。彼のささやきに動揺の気配はなかった。気も狂わんばかりになっている人間がいるとしても、それは彼ではない。彼は正気だ。ささやきを再開するとともに、その正気ぶりの証拠がまた新たに提示された。

「いまさら生き返るのはまずいよね」

幽霊が言いそうな科白である。だが念頭に置いているのは、老いた船長が自殺説をしぶしぶ認めていたという事実である。明らかに、彼には好都合な説だ――彼の行動の、揺るがぬ意図を支配していると思える考えを私が少しでも理解しているのなら。

「カンボジアの沖合の群島に入ったらすぐ、僕を島に流してくれ」と彼はさらに言った。

「島に流す！　子供の冒険物語じゃないんだぜ」と私は言った。蔑むようなささやきが私の抗議を遮った。

「もちろん違うさ！　子供の物語なんかとは全然違う。でもほかにやりようはない。僕もこれ以上は望まない。自分がどんな目に遭わされるか、僕が怖がってると思うか？　牢獄、絞首台、何だっていい。でも君、僕がのこのこ戻ってきて、こんな話を、鬘をかぶった爺さんと十二人のお堅い商人に説明するなんて想像できるかい？　僕に罪があるかないかなんて、奴らに何がわかる――そもそも何の罪なのか、何がわかる？ これは僕自身の問題なんだよ。聖書に何と書いてある？ 『斯地《このち》の面《おもて》より我《われ》を逐出《おひだ》したまふ』。結構。僕はもう斯地の面より逐出された。夜に来たように、夜に出ていく」

「そんなの無理だ！」私は小声で言った。「できないよ」

「できない？……そりゃあ、最後の審判の日の魂みたいに裸じゃできないさ。この夜着はこのまま着ていかせてもらう。最後の審判の日はまだ――それに……君は何もかもわかってくれた。そうだろう？」

私は突然自分が恥ずかしくなった。たしかにわかってやれた、それは本気で言える。だから、この男を船べりから泳いで行かせるのをためらったのは、単なる偽の感傷、一種の臆病だったのだ。

「明日の夜までは無理だよ」私は息を吐くように言った。「いま船は沖へ向かう方に間切っているし、いつ風が止んでしまうか知れないんだから」

「君がわかってくれていると、僕が承知できればそれでいいんだ」と彼はささやいた。「そしてもちろん君はわかってくれている。誰かにわかってもらえるというのは、本当に嬉しいことだよ。君はまるで、あのときわざとあそこにいてくれたように思えるね」。そして彼は、同じささやき声で、あたかも私たちが話すときはいつも世界に聞かれてはまずいことを言いあっているかのように、「実に素晴らしいことだよ」と言い足した。

私たちは横に並んだまま、いつもの秘密の話し方を続けた。でも今回は、ときどき沈黙したり、長いあいだ一言か二言ささやきを交わすだけだったりした。そして彼はいつものように舷窓の外をじっと見ていた。時おり一筋の風が漂ってきて、私たちの顔を撫でた。船はドックにでも入っているみたいに、この上なく穏やかに、安定して、滑るように水上を進んでいく。水は船が通っても呟きすら上げず、幽霊海のごとくに暗く、音もなくそこにある。

午前零時に私は甲板に出て、航海士を大いに驚かせたことに、船を間切らせて、反対方向の針路に舵をとった。おぞましい頬ひげが私の周りをかすめ、無言の非難を送ってよこした。単にその眠い湾からできるだけ早く出るというだけだったら、もちろんそんなことはしなかった。そして一等航海士は、交代した二等航海士に、判断力も何もあったもんじゃない、と言っていたのだと思う。二等航海士はあくびを返しただけだった。耐えがたいヒヨッ子が、さも眠たげに足を引きずって歩き、だらしなく手すりに寄りかかるものだから、私は叱りつけた。

「君、まだ目が覚めていないのか?」

「いいえ、船長!　覚めております」

「ならば頼むからそれらしくふるまってくれたまえ。きちんと見張っているように。潮流に行きあたったら、夜明け前にいくつかの島に近づくはずだ」

湾の東側には島々が点々と並んでいる。いくつかはぽつんと孤立し、いくつかは群れをなしている。切り立った岸壁の青色を背景に、島々は凪いだ銀の水の上に浮かんでいるように見える。島は不毛な灰色か、もしくは深緑で常緑樹の木立のように丸みを帯びているかで、大きめの島では長さも一、二マイルに達し、尾根の輪郭がくっきり見えて、草木の湿った外套の下、あばら骨のような灰色の岩をさらしている。商人にも旅人にも知られず、その地理すら世に知られずそこに匿《かくま》われている生き方は、いまだ解かれざる謎である。一番大きい部類の島々には村が、少なくとも漁師たちの部落があるはずで、地元の船によって外界との交信もたぶん保たれているだろう。とはいえ、その日の午前ずっと、船がその群島に向かって、ごくかすかな風に煽られて進んでいくなか、私がいくら点在する島々に望遠鏡を向けても、人間やカヌーの気配はまったく見えなかった。

正午になっても私は針路の変更を命じず、航海士の頬ひげはひどく心配げな様相を呈し、過度にその存在を私に向けて誇示しているように見えた。とうとう私は言った。

「このまま岸に向かいつづける。できるかぎり、入れるだけ入っていく」

極度の驚きに目が大きく見開かれ、それが目に狂暴の色をもたらし、航海士はしばし、掛け値なしにおぞましく見えた。

「湾の真ん中はどうも進まない」と私はさり気ない口調で続けた。「今夜は陸風を探すことにする」

「いやはや何とも！　つまり船長、島やら暗礁やら浅瀬がどっさりある闇の中を進むと？」

「ああ――この沿岸にいつも吹く陸風が少しでもあるとしたら、岸のすぐ近くまで行かないことには見つからないだろうが？」

「いやはや何とも！」彼は声をひそめてもう一度言った。その日の午後ずっと、彼は夢見るような、黙想にふけるような表情を浮かべていた。これがこの男にあっては困惑のしるしなのだ。夕食後、私は船長室に、休憩でもとるかのように入っていった。私たち二人はそこで黒髪の頭を傾け、寝台の上になかば広げた海図を見下ろした。

「ここだ」と私は言った。「きっとコーリン島だ。日の出からずっと見えていたんだ。丘が二つあって、岬が一つ。人も住んでいるはずだ。反対側の沿岸には、大きめの川の河口と思しきものが見える。間違いない、そんなに奥まで行かないうちに町があるにちがいないよ。僕が見るかぎり、ここが君にとって最良のチャンスだ」

「何でもいい。じゃあコーリンだ」

非常な高みからチャンスと距離を見晴るかすように、彼はしげしげと海図を眺めた。そうして、コーチシナの地図中空白の土地をさまよい、その紙の外に出て地図にもない地帯へと消えてゆく自分自身の姿をわが目でたどっていた。あたかもこの船には、針路を決める船長が二人いるかのようだった。私はその日ずっと、心配で落着かぬませわしく動き回っていたので、服を着替えるだけの余裕もなかった。いまも夜着のまま、藁のスリッパをはき、くたっとした柔らかい帽子をかぶっている。湾の蒸しむしする暑さが日々のしかかっていたから、そういう涼しい格好で私がうろうろするのは乗組員たちも見慣れているのだ。

「このまま行けば、島の南端を通過する」と私は彼の耳にささやいた。「いつだかはわからないが、暗くなってからということは確かだ。陸から半マイルのところまで近づくようにする。暗いから見当をつけるしかないが――」

「気をつけろよ」と彼は警告するように呟いた。そして私は突如理解した。私の未来すべてが、自分が唯一やって行けそうな未来が、船長としての初航海でもし何かあったら、取り返しようもなく崩壊してしまうのだ。

それ以上一瞬も部屋にとどまってはいられなかった。見えないところに行くよう彼に合図して、自分は船尾楼に出ていった。無愛想なヒョッ子が見張りに立っている。私はしばらくもろもろのことを考えながら歩き回ってから、手招きで呼び寄せた。

「水夫二人に、後甲板の荷役口を二つとも開けさせたまえ」と私は穏やかな口調で言った。

無礼さゆえか、訳のわからぬ命令を受けたショックについ我を忘れたか、二等航海士は私の言葉をくり返した――

「後甲板の荷役口を開ける！　何のためです、船長？」

「君はただ、そう命じられたことだけ気にかければよろしい。一杯に開けて、しっかり固定させたまえ」

彼は顔を赤らめ、立ち去ったが、どうやら大工相手に、船の後甲板に風を通すとは何たる賢明な行ないか、とかいった嘲りの言葉を吐いたらしい。少なくとも、一等航海士のキャビンに飛び込んで報告したことは間違いない。あたかもたまたまといった風を装って頬ひげが甲板に上がってきて、下からちらちら私の方を盗み見たからだ。おおかた狂気か酩酊の兆候を探したのだろう。

夕食の少し前、私はいつにも増して落着かず、しばしわが分身の許に行った。彼がひどく静かにそこに座っていることが私を驚かせた。それは自然の理に反した、非人間的な眺めだった。

早口のささやき声で、私は計画を伝えた。

「船をぎりぎりまで陸に近づけてから、風上に回して針路を変える。いまからじきに、君をここから連れ出して収帆庫に入れる算段をする。収帆庫はロビーに通じているが、帆を引き出すための四角いすきまがあって、これがじかに後甲板につながっていて、帆に風が通るよう、天気のいいときはつねに開けてある。船が風上に回って速度が落ちて、水夫が全員船尾の大檣転桁索に出たら、誰にも見られずに部屋を出て、開いている後甲板の荷役口から船の外に出られるはずだ。しっかり開けて固定させたから。海に入るときは水が撥ねないようロープの端につかまりたまえ――わかるだろう。音を聞かれたら、えらく厄介なことになりかねないからね」

彼は少しのあいだ黙っていたが、それから「わかった」とささやいた。

「僕は見送りできない」と私はどうにか切り出した。「あとは……とにかく僕も、わかってあげられたのならいいが」

「わかってくれたさ。初めから終わりまで」――ここで初めて、彼のささやきに、口ごもるような、何か無理な力が入っている感じがした。彼は私の片腕を摑んだが、夕食の鐘が鳴って私はハッとした。だが彼は動じなかった。握った手を離しただけだった。

夕食のあと、私は八時をだいぶ過ぎるまで下へ行かなかった。かすかな、間断ない微風は露を帯びていた。濡れた、暗い色に染まった一連の帆が、風の中にある推進力を限なく捉えている。澄んだ夜空は黒々と光り、空の低い方にある星々を背景にゆっくり動いていく半透明で光なき断片と見えるのが、たゆたう小さな島たちだった。左舷前方に、ほかよりも大きく遠い島がひとつ、影のように堂々とそびえ、空の大いなる広がりを覆い隠していた。

ドアを開けると、まさに私自身が海図を見ているうしろ姿が目に入った。彼がすきまから出てきてテーブルのそばに立っていたのだ。

「十分暗くなった」と私はささやいた。

彼はうしろに下がり、まっすぐ前に静かなまなざしを向けてベッドに寄りかかった。私はカウチに腰かけた。たがいに何も言うべきことはなかった。私たちの頭上で当直の航海士があちこちに動いている。と、航海士がすばやく動き出すのが聞こえた。その意味するところはわかる。昇降口に向かっているのだ。まもなくドアの外で航海士の声がした。

「かなりの速さで陸に近づいています、船長。相当近くに見えます」

「よし」と私は答えた。「すぐ甲板に行く」

航海士が食堂の外に出るまで待ってから、私は立ち上がった。私の分身も動いた。最後のささやきを交わす時が来たのだ。私たちは二人とも、たがいの自然な声を一度も聞かずに終わろうとしている。

「さあ、これ！」私は引出しを開けてソヴリン金貨を三枚取り出した。「これを持っていきたまえ。本当は六枚全部あげたいところなんだが、スンダ海峡を通るときに地元民のボートから乗組員たちに果物や野菜を買ってやらないといけないんだ」

彼は首を横に振った。

「持っていけよ」私は必死にささやいて促した。「何が起きるか、誰にも――」

彼は微笑んで、夜着についた唯一のポケットを意味ありげにぽんぽん叩いた。たしかに安全ではない。だが私は大きな古い絹のハンカチを出して、三枚のコインをその端にくるんで縛り、彼に押しつけた。たぶん彼も心を動かされたのだろう、結局受けとって、上着の下、腰の素肌に手早く巻きつけた。

私たちの目が合った。何秒かが過ぎ、やがて、まなざしが依然交わったまま、私は片手をのばしてランプを消した。それから食堂を通り抜け、私の部屋のドアを開け放したまま……「給仕長！」

仕事熱心なる給仕長はいまだ配膳室にとどまり、寝床に入る前の仕上げにと、メッキの薬味スタンドを磨いていた。向かいの部屋の一等航海士を起こしてしまわぬようにと、私は声を抑えていた。

給仕長は心配そうにふり返った。「はい、船長！」

「調理室から少しお湯を持ってきてくれるかね？」

「申し訳ありませんが船長、調理室の火はしばらく前に消してしまったかと」

「見て来たまえ」

彼は階段を駆け上がっていった。

「さあ」と私は談話室に向かって、声高にささやいた——たぶん声高すぎたと思うが、音が全然出ないのではと不安だったのだ。彼はたちまち私のかたわらにいた——二重の船長が階段の前を過ぎていく——狭く暗い通路を抜けて……引込み戸を抜ける。私たちは収帆庫の中にいて、膝をついて帆の上を這いずっていく。突然、ある思いに私は襲われた。自分が裸足で、帽子もかぶらず、黒髪の頭部に陽をギラギラ浴びてさまよい歩いている姿が見えたのだ。私はへたっとした帽子を頭から剝ぎとり、闇の中、急いでわが分身の頭に押し込もうとした。彼は無言のままそれをよけ、かわした。いったい私がどうなってしまったと思ったのかわからないが、やがて理解し、ぴたっと大人しくなった。私たちの手が探りあって出会い、一瞬のあいだ、がっちり不動に握りあったままでいた……手が離れたとき、どちらも一言も喋らなかった。

配膳室のドアのそばに私が静かに立っていると、給仕長が戻ってきた。

「申し訳ありません。船長。やかんはやはりもうだいぶ冷めてしまっておりまして。アルコールランプをお点けしましょうか？」

「いや、いい」

私はゆっくり甲板に上がっていった。できるかぎり陸地すれすれを通る——それはいまや良心に託された務めだった。何しろ彼は、いつであれ、船が風上に向いたとたんに飛び込むしかないのだ。そうするしかない！　もうあと戻りはできない。少しして私は風下の方に歩いていった。船首側から見る陸の近さに、心臓が飛び出しそうになった。ほかのどんな状況であっても、あと一分たりともそのままにはしなかっただろう。二等航海士が心配そうにくっついて来ていた。

声に威厳を込められると思えるまで、私は見つづけた。

「風上に抜けられるな」私は静かな声で言った。

「そうなさるんですか、船長？」二等航海士は愕然として口走った。

私は彼を無視し、操舵手にも聞こえる程度に声を上げた。

「帆に風一杯」

「帆に風一杯、承知しました」

その風が私の頬を扇ぎ、帆は眠り、世界は静かだった。ぬっと黒く広がる陸地がますます大きく密になっていくのを見ている緊張にもう耐えられなかった。私はもう目を閉じていた——もっと陸に近づかないと。もっと！　静けさが耐えがたかった。船は止まってしまったのか？

目を開けると、第二の眺めに心臓がどきんと脈打った。コーリン島の黒い南の丘が、空にそびえる永遠の夜の破片のごとく船にのしかかって見えた。その巨大な黒い塊には、いかなる光のきらめきも見えず、ひとつの音も聞こえてこなかった。それは抗いようもなく船に向かってきていて、なのにもうすでに手の届くところにあるように思えた。中甲板に集まった、かたずを呑んで見入っている見張りたちがぼんやり見えた。

「まだ進むのですか、船長？」上ずった声が私のかたわらで訊ねた。

私は無視した。進むしかない。

「帆に風一杯。抑えるな。ここで抑えてはいかん」と私は警告するように言った。

「帆がよく見えません」と操舵手が不自然な震え声で答えた。

これで十分近いだろうか？　船はすでに、陸の影に入っているどころか、陸の闇そのものにいわば呑み込まれている。もう引き返しようはない。事は私の手を完全に離れている。

「一等航海士を呼べ」と私は、かたわらで顔面蒼白になっている若者に言った。「そして全員、甲板に上がらせろ」

私の声には、岸壁に反響した借り物のやかましさが伴っていた。複数の声が同時に叫んだ。

「全員甲板に出ました、船長」

それからまた何もかもが静止し、大きな影がぐんぐん迫ってきて、ますます高くそびえ、ひとつの光もなく、ひとつの音もなかった。この上ない静寂が船を包み、冥界《エレボス》の門の下をゆっくり入っていく死者の舟もかくやと思わせた。

「大変だ！　ここはどこだ？」

私のかたわらで一等航海士がうめいているのだ。愕然として、いわば頬ひげの精神的支えも奪われた様子。彼はぱんと手を叩き、我を忘れて「もう駄目だ！」と叫んだ。

「静かにしろ」と私は叱りつけた。

彼は声を落としたが、絶望を物語る、影のごときしぐさが見えた。「こんなところで何してるんです？」

「陸風を探しているのさ」

相手は髪をかきむしるようなしぐさをし、立場も忘れて私に言った。

「もう絶対間に合わない。あんたのせいですよ、船長。わかってたんだ、いつかこんなふうになるって。風上に抜けるなんて無理だし、向きを変えるにも近すぎる。変わるより先に陸に乗り上げてしまう。ああ、何てこった！」

己のひたむきなる頭を叩こうと航海士が上げた腕を私は摑み、激しく揺さぶった。

「もう乗り上げてる」と彼は泣き声を上げ、私の手をふりほどこうとした。

「そうかね？……おい、帆に風一杯！」

「帆に風一杯、承知しました」と操舵手が怯えた、上ずった、子供のような声で言った。

私はまだ航海士の腕を放さず、なおも揺さぶった。「上手回し用意、聞こえたか？　さあ、前へ行け」――揺さぶる――「行って、止まれ」――揺さぶる――「メソメソするな」――揺さぶる――「で、前檣の帆脚索《ほあしづな》をしっかり緩めさせろ」――揺さぶる、揺さぶる――揺さぶる。その間ずっと私は、勇気が萎えてしまうのが怖くて、陸地の方を見られなかった。やっと航海士の腕を放すと、相手は一目散に駆け出していった。

収帆庫のなかにいるわが分身は、この騒ぎをどう思っているだろう。何もかも聞こえているはずだ。それにまた、彼にはわかるはずだ。私の良心にかけて、なぜここまで――ギリギリここまで――近づかねばならないかが。「下手舵一杯！」という私の第一の命令は、コーリンのそびえる影の下、渓谷で叫んだかのように不吉に谺《こだま》した。それから私は、陸地を一心に見た。その滑らかな水と軽い風の中、船が止まるのを感じるのは不可能だった。無理だ！何も感じられない。そしていま第二の私は、こっそり抜け出して水に降りようと待ち構えている。ひょっとしてもうすでに行ってしまっただろうか……？

マストの上にのしかかる大きな黒い塊が、音もなく回りながら船べりから離れていきはじめた。そしていま私は、立ち去らんと待ち構えている秘密のよそ者のことを忘れ、自分がこの船にとってまったくのよそ者であることしか頭になかった。私はこの船を知らない。この船にできるだろうか？どう操ればいい？

大檣下桁《メーンヤード》をめぐらせて、なすすべもなく待った。たぶんこれで止まっただろう。コーリンの黒い塊が、永遠の夜の門のように船尾手すりにのしかかり、船の運命はいままさにどちらにも傾きうる。ここから船はどうするだろう？もう動いているのだろうか？急いで船べりに行ってみたが、暗い水の上には、眠っている水面のガラスのような滑らかさをあらわにする微かな蛍光のきらめき以外、何も見えなかった。判断しようはない。そして私はまだ自分の船の感じを摑んでいない。動いているのか？　ここで必要なのは、紙切れか何か、見やすいものだ。それを水に落として、目安にすればいい。手許には何もなかった。取りに飛んでいくこともできない。そんな時間はない。と、突然、精一杯張りつめた、渇望に彩られた私の凝視が、船べりから一ヤードもないところに白い物体が浮かんでいるのを認めた。黒い水の上の白。蛍光のきらめきがその下を通っていく。あれは何だろう？　……自分のへたっとした帽子を私は認めた。きっと彼の頭から落ちたにちがいない……彼は取り戻そうともしなかったのだ。そしてこれで私は、必要だったものを得た――私の目が利用しうる、救いとなるしるし。だが私は、もう一人の自分のことをほとんど考えなかった。いまや彼は船を去り、すべての友好的な顔から永久に隠れた身である。この世の逃亡者にして流浪者たる身として、その正気なる額には人を殺《あや》める手を押しとどめる呪いの烙印もなく……釈明するにはあまりに誇り高く。

そして私は帽子を、彼の脆《もろ》き肉体に私が突如感じた憐れみの表現を、見つめた。それは彼の家なき頭を、太陽の危険から護るはずのものだった。それがいま、見よ、帽子は船を救っている、よそ者たる私の無知を助けるしるしとして。ハ！　帽子はプカプカと前に進んでいて、まさにギリギリのタイミングで、船が後進しはじめたことを警告してくれている。

「面舵一杯」と私は低い声で、彫像のように立ちつくしている水夫に言った。

羅針儀台の光を浴びた目を水夫はギラギラ光らせながら、向こう側に飛んでいって舵をぐるぐる回した。

私は船尾楼の端まで歩いていった。影に包まれた甲板の上、全員が前檣転桁索《フォアブレース》のかたわらに立って私の命令を待っている。前方の星々は右から左へ滑っていくように思えた。世界の何もかもが静まりかえっていて、「回ったぞ」という静かな、二人の船乗りのあいだで心底からの安堵とともに交わされた一言が私には聞こえた。

「索をゆるめろ、針路を風上に」

前檣下桁《フォアヤード》がいっせいに、歓喜の叫びの中で大きな音を立てて回った。そしていま、恐るべき頬ひげが次々に命令を発する声が聞かれた。すでに船は前に進んでいる。そして私はただ一人、船と共にいた。何ひとつ、誰一人、私たちのあいだに立つものはない！　無言の知と声なき愛のありように、海の男が初めて指揮した船と結ぶ完璧な交わりに、影を投げるものは何もない。

船尾手すりに歩いていった私は、冥界の門そのもののごとくそびえる黒い塊が作る闇の端のまた端に、間一髪、それを見ることができた。そう、私は間一髪、私の白い帽子をつかのま見ることができた。そこに残された帽子はしるしていたのだ、私の船室と私の思いを第二の私のごとくに分かちあった秘密の共有者が、己の罰を受けに降りていった場所を——自由な人間として、新しい運命へ向かって泳ぎ出す誇り高き泳ぎ手として海に入っていった場所を。

運命の猟犬

The Hounds of Fate

（1911）

サキ

Saki

どんよりと重苦しい秋の午後の光が消えゆくなか、マーティン・ストーナーはぬかるんだ細道や轍《わだち》に包まれた荷馬車道をとぼとぼと、それらがどこへ通じているかもよくわからぬまま歩いていった。どこか前の方に海があるはずだ、と漠然と思ってはいて、足も粘り強く海の方へ向かっていくようだった。その目標めざして、自分がなぜ疲れた足を引きずって進みつづけるのか、本人にも説明できなかったにちがいない。追いつめられた雄鹿が最後の手段に崖をめざすのと同じ本能に憑かれて、といった喩えがせいぜいだっただろう。彼の場合、運命の猟犬たちはまさに容赦ない執拗さで追いつめてきていた。空腹、疲労、絶望に染まった無力感に脳は麻痺し、いったいどんな衝動につき動かされて歩んでいるのか、己に問うだけの気力も彼はふるい起こせなかった。この男は、すでにあらゆることを試み尽くしたように思える、不運につきまとわれたたぐいの人物に見えた。ごくささやかな成功の機会が訪れても、生来の怠惰と先見の明なさゆえにフイにしてしまう。そしていまや彼は万策尽きていた。試せることはもう何もなかった。絶望に追い込まれたところで、眠っていた活力が目覚めたりもしない。それどころか、この運命の危機を囲むようにして、精神の麻痺状態が広がっていた。着のみ着のまま、ポケットには半ペニー貨一枚のみ、助けを仰げる友人も知人もなく、今夜の寝床や明日の食事の当てもいっさいない。マーティン・ストーナーはひたすら愚鈍に歩みを進め、湿った生垣のあいだを抜け、水滴の垂れる木々の下を通っていった。頭のなかはほとんど真っ白で、前方のどこかに海があるはずだというぼんやりした意識があるだけ。そこへ時おり、もうひとつの意識が割り込んでくる――自分はどうしようもなく腹が空いているのだという意識が。まもなく彼は、柵に設けられた通用門の前で立ち止まった。門は開いていて、広々とした、だいぶ手入れを怠った菜園に通じている。あたりに生命の気配はほとんどなく、菜園の奥に見える農家の主家は荒涼として寒々しく見えた。だがさっきから霧雨が降ってきていたし、あそこへ行けばつかのま雨をしのげて、最後の硬貨で牛乳を一杯買えるかもしれない。そう考えて、ストーナーはゆっくりと向き直り、疲れた足で菜園に入っていって、狭い石畳の通路を通って、横玄関の前に出た。と、ノックをする間もなくドアが開いて、背の曲がった、萎びた見かけの老人が、あたかも彼を中へ通そうとするかのように戸口の脇に立った。

「雨やどりをさせてもらえますか?」とストーナーが言いかけた言葉を老人はさえぎった。

「お入りください、トム坊ちゃま。いつか帰ってらっしゃると思っておりました」

覚束ない足どりでストーナーは敷居をまたぎ、いったいどういうことかと立ちつくし、茫然と相手を見た。

「お座りください、軽い夕食をご用意しますから」老人は声を震わせ意気込んで言った。疲れも極に達したストーナーは、両脚から力も抜け、老人が差し出した肱掛け椅子にへなへなと座り込んだ。しばらくすると、かたわらのテーブルに置かれた冷肉、チーズ、パンを彼は貪っていた。

「四年経ってもほとんど変わってらっしゃいませんねえ」と老人はさらに、ストーナーにはあたかも夢のなかの声のように遠く、実体なく聞こえる声で言った。「でも、いずれおわかりになるでしょうが、私どもの方は随分と変わってしまいました。お発ちになったときにいた者はもう誰もおりません。私めと、坊ちゃまの伯母さまだけです。お帰りになったこと、伯母さまにお知らせに行ってまいります。坊ちゃまにお会いにはなりますまいが、坊ちゃまがここにとどまられることに異を唱えたりはなさいますまい。いつもおっしゃっていたのです、もしあの子が帰ってきたらここに住むがいい、でも私は二度と会わないし口もきかない、と」

ストーナーの前のテーブルにビールの入ったマグを置いてから、老人は足を引きひき長い廊下を歩いていった。霧雨はいまや激しい土砂降りに変わっていて、玄関や窓にすさまじい勢いで叩きつけている。放浪を重ねてきた男は、こんなすごい大雨で夜がぐんぐん迫ってくるなか海辺はどんなふうだろう、と考えて思わず身震いした。食べ物もビールも片付けてしまうと、ぼうっとした頭で不思議なもてなし主の戻りを待った。部屋の隅にある大時計がチクタクと何分か時を刻んでいくとともに、若い男の脳裡に希望の光がちらつき、次第に大きくなっていくように思えた。ついさっきまでは食べ物に焦がれ、数分の休息に焦がれていたが、いまはその願いがただそのまま広がって、どうやら自分を温かく迎えてくれるらしい屋根の下で一晩のねぐらを得られればと願っている。かたかたという足音が廊下を下ってきて、農家に仕える老いた召使いの帰還を予告した。

「トム坊ちゃま、奥様はお会いになりません。ですが、ここに住まれるのは構わない、ご自分が土のなかに入られたら農場は坊ちゃまのものになるのだから当然の権利だとおっしゃっています。お部屋の暖炉に火を入れておきましたし、ベッドのシーツも女中どもが新しいものに取り替えました。お部屋は何も変わっておりませんよ、トム坊ちゃま。お疲れでしょうから、もうお部屋に入られたらよろしいかと」

マーティン・ストーナーは一言も言わずに重い体を持ち上げ、救いの天使のあとについて廊下を歩き、ギシギシ軋《きし》る短い階段を上ってまた別の廊下を抜け、暖炉が陽気に燃えさかる広い部屋へ入っていった。最小限の、飾りけない古風な家具があるだけだったが、ものは上等だった。少しでも装飾と言えそうなのは、ガラスケースに入ったリスの剝製と、四年前の壁掛けカレンダーだけ。だがどのみちストーナーにはベッドしか目に入らなかった。服を脱ぎ捨てるのももどかしく、疲れた体をその深みに横たえ、贅沢な心地よさに浸った。運命の猟犬たちはつかのま匂いの道筋を見失ったようだった。

朝の冷たい光のなか、己の置かれた立場がじわじわ実感されるとともに、ストーナーは苦笑の声を上げずにおれなかった。行方の知れぬもう一人のろくでなしに似ていることを頼りに、まあもう一度朝飯にはありつけるかもしれない。そうしたらさっさと、向こうから押しつけてきたこのペテンが露呈しないうちにおさらばするのだ。階下の部屋に下りていくと、背の曲がった老人はすでに「トム坊ちゃま」の朝食にベーコンと目玉焼を用意していて、厳めしい顔つきの年配の女中がティーポットを持ってきてカップに紅茶を注いでくれた。食卓についた彼の許に、小さなスパニエルがやって来て人なつっこく身を寄せてきた。

「あのバウカーの仔犬ですよ」と、厳めしい顔の女中にいまさっきジョージと呼ばれた老人が説明した。「バウカーはずいぶんと坊ちゃまになついておりましたからねえ。坊ちゃまがオーストレイリーに行かれてしまってからはまるっきり変わってしまいましたよ。一年ばかり前に死にました。これはその子です」

ストーナーはその犬の他界を悼む気持ちになれなかった。しょせん犬であっては、彼が「トム坊ちゃま」であることを保証する役には立たなかっただろう。

「乗馬にお出かけになりますか、トム坊ちゃま?」というのが、老人の口から発せられた次の驚くべき提案だった。「乗るのにちょうどいい塩梅の、葦毛《あしげ》のコッブ馬がおるのです。ビディの奴はもうかなり歳が行っておりまして、まあまだ十分やれますが、葦毛のやつに鞍を付けさせて玄関に連れてこさせましょう」

「乗馬服がないよ」と流れ者はしどろもどろに言い、一張羅の着古しの服を見下ろしながらほとんど笑ってしまいそうになった。

「トム坊ちゃま」老人はひたむきな、ほとんど気分を害したような様子で言った。「坊ちゃまのお持ち物はすべて発たれたときのままにしてありますとも。暖炉の前でちょいと乾かせばすっかり元どおりです。時おり少し馬に乗られて、鳥撃ちでもなされば気も晴れましょう。このあたりの連中は坊ちゃんをよく思ってはおりません。みんな反感を持っておることでしょうよ。

奴らは忘れも許しもしておりません。誰も近づいてこないでしょうよ。ですから気晴らしには馬と犬が一番です。実際、つき合いのいい奴らですしね」

老ジョージは命令を下しに足を引きずっていき、ますます夢のなかにいるような気分になったストーナーは二階へ上がって「トム坊ちゃま」の衣裳棚を見に行った。乗馬は彼としても大好きだし、トムがかつてつき合っていた連中が寄ってきてじろじろ見たりしなさそうだと思うと、このインチキもすぐにはバレずに済むかなという気がしてきた。まあ一応サイズは合っている乗馬ズボンに脚を入れながら、近隣の住民全部の恨みを買うなんていったい本物のトムはどんな悪事を働いたんだろう、と侵入者は考えるともなく考えた。と、速足の、意気込んだひづめが濡れた土を打つ響きにその思考も中断された。葦毛のコッブ馬が横玄関につれて来られたのだ。

「乞食を馬に乗せたら、とはよく言ったもんだ」とストーナーは胸のうちで独りごちながら〔乞食を馬に乗せたら悪魔のところまで行く＝貧乏人が金を持つと傲慢になるという意のことわざ〕、昨日は尾羽《おは》打ち枯らした浮浪者としてとぼとぼ歩いたぬかるんだ細道を足早に進んでいった。そして、余計な考えなど面倒とばかりに脇へうっちゃり、まっすぐのびた道路の、芝植えの縁を小気味よく駆け抜ける快楽に身を任せた。柵まで来て、開いた通用門のところで走りを緩め、畑に入っていく二台の荷馬車を通してやった。荷馬車を操る若者たちはすれ違うわずかな時間にストーナーをじろじろ眺め、やがて彼の背後から、興奮気味の声が「トム・プライクだ！　一目でわかったぜ！　またのこのこ戻ってきたのか？」と叫ぶのが聞こえた。

どうやら、耄碌《もうろく》しかけた老人にはすぐ近くでも似て見えるということは、少し離れていればもっと若い目もだませるらしい。

馬を進めていくなかで、さっきの老人の言葉の裏付けにストーナーは嫌というほど出会った。不在のトムから自分が受け継いだ過去の罪を、地元の人々は忘れも許しもしていない。険悪な表情、押し殺した呟き、肱のつつき合い。人間に出会うたびにそれらが彼を迎えた。かたわらを悠々ととっとっと歩く「バウカーの仔犬」だけが、敵意ばかりの世界にあって唯一友好的な存在に思えた。

横玄関の前で馬から降りると、一瞬、痩せこけた年配の女性が二階の窓のカーテンの陰からこっそりこちらを窺っている姿が見えた。きっとあれが「自分の」伯母だろう。

彼を待ち構えて並ぶたっぷりの昼食を前にしながら、この異常な状況から今後生じうるさまざまな可能性をストーナーは逐一検討していった。四年間留守にしている本物のトムがいつひょっこり現われるかわからないし、彼からの手紙が不意に届くことだってありうる。また、農場の跡取りを演じる偽のトムたる自分が、何かの書類にサインを求められるかもしれず、そうなったら厄介な事態になりかねない。あるいは親戚の者がやって来て、その人物は伯母のよそよそしい態度を見習わぬかもしれない。これらのうちどれが生じても、発覚と屈辱に至ることだろう。とはいえ、それ以外の道はといえば、屋根のない戸外、海へと続くぬかるんだ細道なのだ。少なくともこの農場にいる限り、窮乏の身の上からつかのま逃れていられる。農業だってかつて「試して」みたことはあるから、およそ受ける権利のないこのもてなしの返礼に、それなりの仕事はできるだろう。

「ご夕食は冷たい豚肉になさいますか」厳めしい顔の女中がテーブルを片付けながら訊いた。

「それとも温めましょうか？」

「温めてくれ、玉ねぎをつけて」ストーナーは言った。生まれて初めて下す即断だった。その注文を口にしながら、自分がここにとどまる気でいることを彼は悟った。

屋敷のなかの、暗黙の協定によって自分に割り当てられたと思われる領域から決して出ぬようストーナーは終始気を配った。農作業に加わるときはつねに命令される側に回り、自分からは絶対命令しなかった。無言で敵意に満ちた冷ややかな世界にあって、老ジョージと葦毛のコッブ馬とバウカーの仔犬だけが彼の伴侶だった。農場の女主人については、いっさい姿を見なかった。一度、彼女が教会に出かけたとわかったときに、自分がその座を簒奪《さんだつ》しその悪名を任うに至った青年について何かわかるかと、屋敷の居間にこっそり入ってみた。たくさんの写真が壁に掛かっていたり、整然と額に収められていたりしていたが、彼が探している似姿はなかった。やっとのことで、見えないところに押し込まれたアルバムのなかに、求めているものが見つかった。「トム」とラベルを貼った写真が並んでいる。仰々しいスモックを着せられた三歳のぽっちゃりした子供、クリケットのバットをさも嫌そうに抱えている十二歳ごろのぎこちなさげな少年、べったり滑らかな髪を均等に分けたハンサムな十八歳の若者、そして最後に、やや傲慢で向こう見ずそうな表情の青年。この最新の肖像をストーナーはとりわけ興味をもって眺めた。自分と似ていることは見紛《みまが》いようがなかった。

たいていの話題についてはよく喋る老ジョージの口から、彼がほかの人間たちから避けられ、憎まれるべき存在として隔離されることになった罪がいかなるものなのか、ストーナーは何度も聞き出そうと試みた。

「このへんの連中、僕のことをどう言ってる?」彼はある日、遠くの畑から一緒に屋敷まで歩いて帰る最中に訊いた。

老人は首を横に振った。

「みんな恨んでおりますよ、おそろしく恨んでおります。情けない話です、ほんとに情けない話です」

それ以上のことはどう促しても話してもらえなかった。

クリスマスの祭りの数日前、晴れわたってしんと冷えた晩に、あたりの田園一帯を見渡せる果樹園の隅にストーナーは立っていた。ランプや蠟燭の点がキラキラ光るのがあちこちに見えて、祭りの季節の温かさ、明るさに包まれた人家がそこにあることを伝えている。そして彼の背後には、陰気で音も立たぬ農家があった。そこでは誰も笑わず、口喧嘩でさえ陽気に感じられることだろう。うしろを向いて、暗い影に包まれたその建物の細長い灰色の前面を見てみると、ひとつのドアが開いて、老ジョージがそそくさと出てきた。自分が引き継いだ名が、こわばった不安交じりの声で口にされるのをストーナーは聞いた。何か厄介が生じたことを彼はただちに悟った。状況が一変するとともに、この避難所が彼の目には安らぎと満ち足りた思いの場と映った。その聖域から追い出されることを彼は恐れた。

「トム坊ちゃま」老人はしゃがれたささやき声で言った。「ここをこっそり出て、何日か離れてらっしゃらないといけません。マイケル・レイが村に戻ってまいりまして、坊ちゃまを見かけたら撃ち殺すと申しております。あれは口先だけじゃありません、見るからに物騒な目つきをしておりましたから。夜のあいだにお逃げなさい、ほんの一週間かそこらです、向こうはそれ以上いやしません」

「だって、どこへ行けばいい？」ストーナーはおろおろして言った。老人の見るからの恐怖が彼にも伝染していた。

「海岸ぞいをずっと、パンチフォードまで行って、そこで隠れていらっしゃい。マイケルが無事いなくなったら私めが葦毛を飛ばしてパンチフォードの緑竜亭《グリーン・ドラゴン》まで参ります。緑竜亭の厩《うまや》に葦毛が入っているのをご覧になったら、もう戻ってこられても大丈夫という合図です」

「でも——」とストーナーはためらい気味に言いかけた。

「お金なら心配要りません」と相手は言った。「奥様も私めの言うとおりになさるのが一番だとおっしゃって、これをお預けになりました」

老人はソヴリン金貨三枚と、銀貨何枚かを取り出した。

その夜、老いた女主人の金をポケットに入れて農場の裏門からこっそり出ていくなか、自分は贋者だという意識がいつにも増して強まった。老ジョージとバウカーの仔犬が裏庭に立ち、無言のうちにストーナーを見送った。ここに戻ってくるという事態が彼にはおよそ想像できなかった。彼の帰還を待ちわびるであろうこの一人と一匹の慎ましい友を想って、ストーナーの良心は疼いた。いつの日か、本物のトムが帰ってきたら、自分たちがかくまってやったあの幻のごとき客の正体をめぐって、この素朴な農夫たちは何とも不思議な思いに駆られることだろう。自分自身の運命に関しては、何ら生々しい不安はなかった。金の背後に何もない身とあっては三ポンドそこらの金など大して持ちはしないが、これまで一ペニー単位で財布の中身を数えてきた人間にとってはそれなりの出発点と思えるものだ。この前、望みも尽きた旅人としてこの細道をとぼとぼ歩いたとき、運命は気まぐれにも彼を親切に遇してくれた。今度もまた、何か仕事が見つかって、一からやり直せるかもしれない。農場から遠ざかるにつれて、だんだんと元気が出てきた。失われた身分をもう一度取り戻し、他人の落着かぬ幽霊でなくなったことで、ある種の安堵感が訪れた。降って湧いたように自分の人生に現われた容赦ない敵に関しては、ほとんど思いわずらいもしなかった。いまやもうその人生はあとにしてきたのだ。現実味のない要素がもうひとつ加わったところで、ほとんど何も変わりはしない。何か月ぶりかで、ストーナーは呑気な、気楽なメロディを鼻歌で歌いはじめた。と、のしかかるように枝を突き出した樫の木の陰から、猟銃を持った男が歩み出てきた。それが誰なのか、考えるまでもなかった。その白い、目のすわった顔を月光が照らし、浮き沈みに満ちた放浪を重ねてきたストーナーでも見たことのないほどの激しい憎悪をあらわにした。ストーナーはとっさに脇へ跳びのき、細道を縁取る生垣をつき抜けようとあがいたが、硬い枝に押さえつけられてとうてい抜けようはなかった。その狭い細道で運命の猟犬たちは彼を待っていたのであり、今回彼らを拒むすべはなかった。

アラビー
Araby
(1914)

ジェームズ・ジョイス
James Joyce

ノース・リッチモンド通りは袋小路になっていて、クリスチャン・ブラザーズ校の生徒たちが解放される時間以外は静かなところだった。袋小路の一番奥に、近隣の家並から一軒ぽつんと離れて、二階建ての空家が四角い敷地に建っていた。通りに並ぶほかの家々は、それぞれの家の中で営まれる慎みある暮らしを意識して、茶色い、落着き払った顔でたがいを凝視していた。

僕たちの家に以前住んでいた人は司祭さまで、奥の客間で死んだのだった。長いあいだとじ込められた黴臭い空気がどの部屋にもたち込め、台所のうしろの物置部屋には何の役にも立たない古い紙屑が散らかっていた。その中から僕は、ページが湿って丸まった紙表紙の本を何冊か見つけた。ウォルター・スコットの『大修道院長』。『敬虔な聖体拝領者』。『ヴィドック回想録』。紙が黄色いので僕は『回想録』が一番気に入った。家の裏手の荒れた庭の真ん中には林檎の木が一本立ち、まばらに広がった灌木が何本かあって、そのひとつの根元に僕は前の住人の錆びた自転車用空気入れを見つけた。前の住人はとても慈善の心に富む司祭だった。遺書の中で司祭は金をすべて施設に寄付し、家の家具は妹に贈っていた。

昼の短い冬の日々が来ると、昼の食事もろくに済まないうちに日が暮れた。僕たちが通りに集まると、家並はすっかり陰気になっていた。頭上に広がる空は刻々変わる菫《すみれ》色で、それに向かって街灯が弱々しいランタンを掲げていた。冷たい空気が僕たちを刺し、体が火照ってくるまで僕たちは遊んだ。静かな通りに僕たちの叫び声が谺《こだま》した。遊びの流れに導かれて、僕たちは家々の裏手の暗い、ぬかるんだ路地を通り抜け、コテージに住む荒っぽい連中の攻撃にさらされながら、暗い、水のしたたる、灰だめから臭いの立ちのぼる菜園の裏口へ、あるいは、暗い、悪臭を放つ、御者が馬の毛を均して櫛を入れたり金具で留めた引き具《ハーネス》から音楽を振り出したりしている厩《うまや》へたどり着いた。表の通りに戻ると、家々の台所の窓からこぼれてくる光が地下への勝手口を満たしていた。僕の叔父さんが角を曲がってくるのが見えると、叔父さんがしっかり家の中に入るのを見届けるまで僕たちは陰に隠れていた。あるいは、マンガンの姉さんが、夕食の時間だと弟を呼びに家の戸口に出てくると、僕たちは陰から、彼女が目をすぼめて通りの左右を眺めわたすのを見守った。彼女がそこにとどまるか、それとも家に入るかを僕たちは見届け、もしとどまったら観念して陰から出て、マンガン家の玄関まで歩いていった。彼女は僕たちを待っていて、半開きの玄関のドアから漏れてくる光がその体の輪郭を浮かび上がらせていた。弟は言いつけに従う前にまずいつも彼女をからかい、僕は鉄柵のそばに立って彼女を見ていた。彼女が体を動かすのに合わせてワンピースが揺れ、柔らかいロープのような髪が左右に揺れた。

僕は毎朝、表の居間の床に伏せて、彼女の家の玄関を見張っていた。ブラインドが下の窓枠から二、三センチのところまで下ろしてあったから、向こうから見られる心配はなかった。彼女が戸口に出てくると、僕の心臓がぱっと跳ねた。僕は玄関に飛んでいって、教科書をつかみ、彼女のあとを追った。彼女の茶色い姿を僕はつねに視界にとどめ、僕たちの行く先が分かれる地点に近づくと、歩みを速めて彼女を追い抜いた。これが毎朝の出来事だった。ごく短い一言二言を別にすれば、彼女と話したことはなかったけれど、彼女の名前は、僕の愚かな血液をまるごと呼び出す号令のようなものだった。

ロマンスなどおよそ縁のなさそうな場所でも、彼女の面影が僕につきまとった。土曜の夕方、叔母さんが買物に出かけるとき、僕は買物の包みを運ぶのを手伝わされた。ギラギラまぶしい通りを僕は叔母さんと歩き、酔っ払った男や値切りに夢中な女に押されながら、労働者のつく悪態、豚の頬肉を入れた樽のかたわらに立って店番をしている男の子たちの甲高い売り口上、オドノヴァン・ロッサをめぐる民謡や我らが祖国の苦難を語るバラッドを歌う大道歌手たちの鼻にかかった声のあいだを抜けていった。そうしたいろんな騒音が、僕の中で、ひとつの生の実感へと収斂していった。僕は自分が、聖なる杯《さかずき》を携えて、敵の群れの只中を難なくくぐり抜けている姿を想像したのだ。時おり彼女の名前が、自分でも理解できない奇妙な祈りの言葉、賛美の言葉に混じって口から飛び出してきた。僕の目はしばしば涙に潤み（なぜかはわからなかった）、時には心臓からあふれ出てくる洪水が胸に流れ込んでいくように思えた。未来のことはほとんど考えなかった。いつかは彼女と口をきくことになるかどうかさえわからなかったし、口をきいたとしても、このこんがらがった崇拝の念をどう伝えればいいかもわからなかった。けれど僕の体はハープのようであり、彼女の言葉やしぐさは弦から弦を伝う指だった。

ある晩、僕は奥の、司祭が死んだ客間に入っていった。暗い、雨の降る晩で、家の中は何の音もしなかった。割れたガラス窓を通して、雨が地面をぴしぴし打つのが聞こえた。細い、たえまなく生まれる水の針が、びしょ濡れの花壇で戯れている。どこか遠くの街灯か、明かりの灯った窓かが眼下でほのめいていた。ほとんど何も見えないことが有難かった。僕の五感すべてが、自らをベールで覆いたがっているように思えた。自分が五感からいまにも離れ出てしまいそうな気がして、両手が震えてくるまで手のひら同士をぎゅっと押しあわせながら、「愛しい人！　愛しい人！」と何度も呟いていた。

　とうとう彼女が話しかけてきた。最初の言葉をかけられると、僕はすっかり混乱してしまい、どう答えたらいいかわからなかった。あなたアラビーに行くの、と彼女は訊いたのだった。行くと答えたか、行かないと答えたか、覚えていない。すごく素敵なバザーよ、私も行きたいわ、と彼女は言った。

——どうして行けないの？　と僕は訊いた。

　喋りながら、彼女は銀のブレスレットを手首のところでくるくる回していた。行けないのはね、今週は修道院で静修《リトリート》があるからなの。彼女の弟が、ほかの男の子二人と帽子を奪いあっていて、僕だけ玄関先の鉄柵のところにいた。彼女は柵の先っぽを握って、僕の方に頭を傾けていた。僕の家の向かいの街灯からの光が彼女の首の白い曲線を捉え、そこにかかった髪を照らし出し、そこから下へ降りて、柵に置いた片手を照らし出した。光はさらに、ワンピースの片方の横に降って、くつろいで立っている彼女の、かすかに見えるペチコートの白い縁を捉えた。

——あなたは行けていいわね、と彼女は言った。
——もし行ったら、何かお土産買ってくるよ、と僕は言った。

その夕方以降、いったいいくつの愚かしさが、目覚めているあいだの思い、眠っているあいだの思いを台なしにしたことか！　その日が来るまでの退屈な日々を僕は抹殺したかった。僕は学校の勉強に苛立った。夜は寝室で、昼は教室で、彼女の姿が、僕と、僕が懸命に読もうとしているページとのあいだに割り込んできた。アラビーという三音節が、僕の魂が浸る沈黙を通って僕の許に呼び出され、東洋の魔法で僕を覆った。土曜の夜にバザーに行かせてほしい、と僕は頼んだ。叔母さんはびっくりして、それってフリーメーソンの集まりじゃないでしょうねと言った。僕は授業中ほとんど質問に答えなかった。先生の顔が、にこやかさから厳めしさへと移っていくのを僕は目のあたりにした。君、怠け癖がついたんじゃあるまいねと先生は言った。ばらばらに散る思いを、僕はどうにもまとめられなかった。人生の真面目な営みに対してまるでこらえ性がなくなり、それが僕の欲望を邪魔するようになったいま、単なる子供の遊び、醜い単調な子供の遊びにしか思えなくなった。

土曜の朝、僕は叔父さんに、晩にバザーに行かせてねと念を押した。叔父さんは玄関先でごそごそ帽子用ブラシを探していて、つっけんどんに答えた。

——ああ、わかってる。

叔父さんが玄関にいるので、表側の居間に行って窓辺に伏せることはできない。不機嫌な気分で僕は家を出て、学校に向かってのろのろ歩いていった。空気は容赦なく冷たく、早くも僕の胸は不安を抱きはじめていた。

晩ご飯に帰ってみると、叔父さんはまだ戻ってきていなかった。でもまだ早い。僕はしばらく時計と睨めっこし、そのチクタクに苛ついてくると、部屋から出た。階段をのぼって、二階に上がった。天井の高い、寒い、空っぽの陰気な部屋はどこも解放感を与えてくれた。僕は歌を歌いながら部屋から部屋を回った。表側に面した窓から、下の通りで僕の仲間たちが遊んでいるのが見えた。彼らの叫び声が、弱められた、ぼんやりした音になって僕の耳に届き、僕は冷たいガラスにおでこを押しつけて、彼女の住んでいる暗い家の方を見た。ひょっとしたら一時間くらいずっとそうやって立っていたかもしれない。その間《かん》僕には、自分の想像力が生み出した、茶色い服を着た姿以外何も見えていなかった。その曲線を描いた首に街灯の光が慎ましく触れ、鉄柵に置かれた片手や、ワンピースの下の縁に触れた。

一階に戻ってみると、暖炉の前にミセス・マーサーが座っていた。この人はお喋りなお婆さんで、質屋の未亡人で、何か信心深い目的のために使用済み切手を集めていた。僕はお茶飲み話につき合わされる破目になった。食事は一時間以上先延ばしにされ、叔父さんはそれでもまだ帰ってこなかった。ミセス・マーサーがもう帰ろうと立ち上がった。残念だけどさすがにこれ以上待てないわ、もう八時過ぎだし、あんまり遅く外に出ていたくないのよ、夜気が体に悪いからねえ。ミセス・マーサーがいなくなると、僕はこぶしをぎゅっと握り締めて、部屋の中をうろうろ歩き出した。叔母さんが言った——

——今夜のバザーは、またいずれってことになりそうだねえ。

九時になって、玄関で叔父さんが掛け金を外す音が聞こえた。叔父さんが何か一人でぶつぶつ言い、掛けたコートの重みでラックが揺れるのが聞こえた。その一つひとつの意味が僕には読みとれた。叔父さんが夕ご飯を半分くらい終えたところで、バザーに行くお金をちょうだいと僕は言った。叔父さんは忘れているのだ。

——もうみんな寝床に入って眠ってる時間だぞ、と叔父さんは言った。

僕は笑顔を返さなかった。叔母さんが力を込めて言ってくれた——

——お金あげて、行かしてあげたら？　もうどうせここまで起きさせちゃったんだし。

忘れて悪かった、ごめんよ、と叔父さんは言った。私はあのことわざを信じてるんだ、「よく遊び、よく学べ」ってやつをな。どこへ行くんだい、と叔父さんが訊くのでもう一度同じことを答えると、『アラブ人、愛馬に別れを告ぐ』って詩は知ってるか、と叔父さんは訊いた。僕が台所から出たとき、叔父さんはその詩の出だしを叔母さんに披露しようとしていた。

フロリン銀貨〔二シリングの価値がある〕を握り締めて、僕はバッキンガム・ストリートを駅へ向かった。買物客でごった返し、ガス灯の明かりにギラギラ光る通りを目にして、こうして出かけてきた目的を僕は改めて思い起こした。がら空《す》きの列車の、三等客車に席をとった。耐えがたいほどの遅れの末に、列車はのろのろと駅を出ていった。這うようにして、荒れはてた家々のあいだを抜け、きらめく川を越えていく。ウェストランド・ロー駅で、人波が客車の扉に押し寄せた。ところがポーターが、これはバザー行きの特別列車ですからと言って彼らを下がらせた。がらんとした客車の中、僕は依然一人きりだった。何分かして、列車は臨時に作られた、木造のプラットホームの前に停まった。僕が道路に出ていくと、明かりの灯った時計の文字盤は十時十分前を指していた。僕の眼前に、あの魔法の言葉を掲げた大きな建物があった。

六ペンスの入場口が見つからなかったが、バザーが閉まってしまうのが心配で、さっさと回転式の入口を通って、くたびれた様子の男に一シリングを渡した。入ってみるとそこは大きなホールで、半分くらいの高さのところに、回廊がぐるっとめぐらされている。ブースはもうほとんどが閉まっていて、ホールの大半は闇に包まれていた。礼拝が終わったあとの教会と同じ静かさだと僕は思った。僕はおずおずと、バザーの真ん中の方に進んでいった。色つきの電球で『カフェ・シャンタン』と書かれたカーテンの前で男の人が二人、金属のお盆の上でお金を数えていた。コインが落ちる音に僕は耳を傾けた。

なぜ来たのかを懸命に思い起こしながら、僕はひとつのブースの前まで行って、磁器の花瓶や花模様のティーセットを吟味した。ブースの扉のところで、若い女の人が、若い男の人二人と笑いながら喋っていた。彼らのイングランド訛りを僕は耳にとめ、ぼんやりその会話を聞いた。

——やだ、あたしそんなこと言ってないわよ！

——言ったよ、言ったってば！

——言ってないわよ！

——言ったよな、なあ？

——うん、俺聞いたよ、しっかり。

——何よそれ……やだもう！

僕に気づくと若い女の人は寄ってきて、何かお買いになりますかと訊いた。あまり励まされるような言い方ではなかった。仕事だからいちおう声をかけてみたという感じだった。ブースの暗い入口の両側に、東洋の番兵みたいに立っている大きな壺を僕は恭《うやうや》しく眺めて、それから小声で言った。

——いえ、結構です。

女の人は花瓶のひとつの位置を直して、二人の若い男の人の方に戻っていった。彼らはまた同じことを話し出した。一度か二度、女の人はちらちら僕の方をふり向いた。

無駄とはわかっていたけれど、僕はそのブースの前にぐずぐずとどまって、女の人が売っている品物に対する僕の興味に真実味を持たせようとした。やがて僕はのろのろとそこを離れ、バザーの真ん中を歩いていった。ポケットの中で、一ペニー貨二枚を落として六ペンス貨にぶつけた。回廊の一方の端から、照明を消します、という声が聞こえた。ホールの上の方はもう真っ暗だった。

その闇を見上げながら、僕は僕自身を、虚栄心に駆られ、虚栄心にあざ笑われた者として見た。悶々たる苦しみと怒りが僕の目を熱く燃やした。

エヴリン
Eveline
（1914）

ジェームズ・ジョイス
James Joyce

彼女は窓辺に座って夕暮れが通りを浸していくのを眺めた。頭は傾いて窓のカーテンに寄りかかり、鼻の中には埃っぽいクレトン更紗《さらさ》の匂いがあった。彼女は疲れていた。

通りがかる人はほとんどいなかった。一番奥の家に住む男が前を通って帰っていった。男の足音がコンクリートの舗道をカツカツと鳴らし、それから新築の赤い家並の前に敷いた炭殻の上でざくざく言うのが聞こえた。かつてはそこに原っぱがあって、毎日夕方によその家の子たちと一緒に遊んだものだった。やがてベルファストから来た男が原っぱを買いとって、何軒か家を建てた。彼女たちが住んでいるような小さな茶色い家ではなく、明るい煉瓦の家で、屋根もぴかぴかだ。通り沿いの子供たちはその原っぱで一緒に遊んだものだった——ディヴァイン家、ウォーターズ家、ダン家、足の悪いキーオ坊や、彼女と彼女のきょうだい。でもアーネストはもう大きかったから遊んだことはなかった。みんなはよく彼女の父親に、サンザシのステッキで原っぱから追い立てられ家に入らされた。でもたいていはキーオ坊やが見張っていて、彼女の父親の姿が見えると、来たよ、と声を上げた。それでもあのころは、けっこう楽しかった気がする。父親もあのころはそんなにひどくなかった。それに何と言っても、母がまだ生きていた。もうずっと前のことだ。彼女も彼女のきょうだいも、いまはもうみんな大人になっていた。母親は死んだ。ティジー・ダンも死んだし、ウォーターズ一家はイングランドに帰った。すべては変わる。そしていま彼女も、みんなと同じように出て行こうと、家を去ろうとしている。

家！　彼女は部屋を見回し、慣れ親しんだ物たちを改めて一つひとつ眺めた。何年ものあいだ、週一回、いったいどこからこんなにたくさん埃が来るんだろうと首をひねりながらはたきをかけてきた物たち。まさか離ればなれになるなんて思ってもいなかったこの見慣れた物たちを、もう二度と見ることもなくなるのだろうか。それでも、何年もそうやっていたのに、聖女マルグリット・マリー・アラコクへの誓いを書いた色刷り紙の横に置いた壊れた足踏みオルガンの上、壁にかかった黄ばんだ写真の司祭さまは何という名前なのか、彼女はいままでずっと知らずじまいだった。司祭さまは父親の同級生だった。客に見せるたび、父親はさりげなく一言添えながら写真の前を通り過ぎた。

——いまはね、メルボルンにいるんですよ。

彼女は出て行くことに、家を去ることに同意したのだ。それは賢明だったろうか？　問題の両面を彼女は量ろうとした。家にいればとにかくねぐらがあって食べ物がある。生涯ずっと知ってきた人たちも周りにいる。もちろん仕事はきつい、家でも勤め先でも。男と駆落ちしたと知ったら、店でみんなに何と言われるだろう？　馬鹿な女だ、だろうか。そして彼女の仕事は、広告が出されて後釜が埋まる。ミス・ギャヴァンは喜ぶだろう。ミス・ギャヴァンはいつも、特に人が聞いているところで、彼女につらく当たった。

——ミス・ヒル、こちらのお客様方がお待ちなのよ。

——ほらもっとしゃきっとしてちょうだい、ミス・ヒル。

店を去っても、大して涙は出るまい。

けれど新しい家では、遠くの知らない国の家では、そんなふうにはならない。そこに行ったら、結婚するのだ――彼女が、エヴリンが。そうしたら、人々は敬意をもって彼女に接してくれる。母親みたいな仕打ちは受けない。いまでも、もう十九を過ぎたのに、時おり父親の暴力を受ける危険を感じることがあった。胸の動悸がするのもそのせいだとわかっていた。まだみんな子供だったころは、父親もハリーやアーネストには手を上げても、女の子だからといって彼女には決して手を上げなかった。でも最近父親は、死んだ母さんのためを思っていまは勘弁してるんだぞ、などと脅《おど》かしたりした。そしていまではもう彼女を護ってくれる者もいない。アーネストは死んでしまったし、教会の内装の仕事をしているハリーはだいたいいつも地方に出かけている。それに、土曜日の夜ごとに決まってお金のことでごたごた言いあうことにも、彼女は言いようもないほど疲れていた。自分はいつも給料を全額七シリング渡したし、ハリーも送れるときはいつも送ってくれたけれど、問題は父親からお金を貰うことだった。お前はいつも金を無駄遣いする、少しは頭を使え、俺が汗水たらして稼いだ金をどぶに捨てられてたまるか……まだまだ言われた。土曜の夜の父親はたいてい相当ひどいのだ。やっとのことで金を渡してもらうと、今度は、日曜の夕食の買物に行かない気か、と言われる。それで大急ぎで飛び出して買物に行かないといけない。黒い革財布を握りしめて、人波をかき分け、食料品をどっさり抱えて遅くに帰ってくる。家をきちんと守って、世話を任された小さい子二人がちゃんと学校へ行ってきちんと三度食事するよう気を配るのは大変な仕事だった。大変な仕事であり、大変な生活だ。けれどいま、いざそれを後にしようとしてみると、そんなにひどい暮らしでもないように思えた。

これからフランクと二人で、新しい人生を切り拓こうとしている。フランクはとても優しくて、男らしくて、温かい人柄だった。夜行船に乗って彼と旅立ち、ブエノスアイレスで彼の妻となって一緒に暮らす。ブエノスアイレスにフランクは、彼女を待つ家を持っているのだ。フランクを初めて見たときのことを、彼女はいまもありありと思い出す。彼女がよく訪ねていく、大通りの家にフランクは下宿していた。ほんの数週間前のことのような気がする。彼は玄関口に立って、まびさしの付いた帽子をあみだにかぶり、髪は赤銅色の顔の前に垂らしていた。やがて二人はたがいを知るようになった。毎日夕方に、お店の前で彼は待っていて、家まで送ってくれた。『ボヘミアの娘』にも連れていってくれた。劇場内の慣れない一画に彼と二人で座ると胸がときめいた。フランクは音楽が大好きで、自分でも少し歌った。二人がつき合っていることをみんなも知っていて、船乗りを愛する娘のことをフランクが歌うたびに彼女は快い混乱を覚えた。フランクは彼女のことをふざけて「ポッペンズ」と呼んだ。はじめはとにかく彼氏がいることにわくわくしていたが、やがてフランクのことが好きになってきた。彼は遠い国々の話を聞かせてくれた。アラン船舶会社の、カナダ行きの船のデッキボーイとして月給一ポンドから出発した彼は、いままでに乗った数々の船の名前や、いろんな航路の名前を並べてみせた。マゼラン海峡も通ったことがあったし、恐ろしいパタゴニア人の話もしてくれた。ブエノスアイレスで運が巡ってきて、今はちょっと里帰りに来ているのだとフランクは言った。もちろん彼女の父親は二人のことを聞きつけて、あんな男とは一言も口を利いてはいけないと言いわたした。

——ああいう船乗り連中はわかってるんだ、と父親は言った。

ある日父親はフランクと言い争い、それ以後彼女は恋人に内緒で会わねばならなくなった。

通りでは夕暮れが深まっていった。膝に載せた二通の手紙の白さもぼやけてきた。一通はハリー宛、もう一通は父親宛だった。アーネストが彼女の一番のお気に入りだったけれどハリーのことも好きだった。父親がこのごろ老けてきたことに彼女は気づいていた。彼女がいなくなったらきっと寂しがるだろう。時には父親もすごく優しかった。このあいだだって、彼女が一日寝込んだとき、怪談を朗読してくれて暖炉でトーストを焼いてくれた。また別の日には、母親がまだ生きていたころのことだけれど、一家揃ってホースの丘に行ったことがある。父親が母親のボンネットをかぶって子供たちを笑わせたことを彼女は覚えていた。

もう時間がなくなりかけていたけれど、彼女はまだ窓辺に座って、頭を傾けて窓のカーテンに寄りかからせ、埃っぽいクレトン更紗の匂いを吸い込んでいた。通りのずっと奥から、流しのオルガンが鳴っているのが聞こえてきた。知っているメロディだった。妙なものだ、よりによって今夜それが聞こえてきて、母との約束を、できる限りずっと家を守っていくと誓った約束を思い出させるなんて。母の病気の最後の一夜を彼女は思い出した。彼女はふたたび、廊下をはさんだ反対側の、風通しの悪い暗い部屋に戻って、外からはイタリーの物憂いメロディが聞こえていた。オルガン奏者は六ペンスを渡されて立ち去るよう言われた。父親が病室に大股で戻ってきながら言ったのを彼女は思い出した。

——イタリー人どもが！　こんなところまで来やがって！

物思いにふけっていると、母親の人生の惨めな像が、彼女の骨の髄にまでその呪縛の力を届かせた。遂には狂気に終わった、ありふれた犠牲の連続から成る人生。愚かしい執拗さとともに母がひっきりなしに言う声がふたたび聞こえて、彼女は身震いした。

——デレヴォーン・セローン！　デレヴォーン・セローン！——

突然の恐怖に襲われて、彼女は立ち上がった。逃げよう！　逃げなくちゃ！　フランクが私を救ってくれる。私に人生を与えてくれる、たぶん愛も与えてくれる。だって彼女は生きたいのだ。どうして自分が不幸でなくてはいけないのか？　私にだって幸福になる権利がある。フランクが私を抱きかかえて、包み込んでくれる。フランクが私を救ってくれるのだ。

ノースウォール埠頭発着所の、左右に揺れる人波に混じって彼女は立っていた。フランクが彼女の手を握っていて、何か話しかけていることはわかっていた。航路がどうこうと、何度も言っている。発着所は茶色い荷物を持った兵士たちで一杯だった。格納庫の大きく開いた扉の向こうに、船の黒い塊がちらっと見えた。埠頭の岸壁のかたわらに塊は横づけになって、明かりの灯った丸い窓を見せていた。彼女は何の答えも返さなかった。頬が青ざめ、冷えているのが感じられ、苦悩の渦の中から彼女は祈った。神さまどうか私をお導きください、私の務めは何なのかをお示しください、と。船がボー、と長い、物哀しい汽笛を霧に向かって鳴らした。もし行けば、明日にはフランクと一緒に海に出ていて、船はブエノスアイレスめざして蒸気を上げているだろう。ちゃんと切符も買ってあるのだ。彼がこれだけしてくれたのに、いまさら引き下がれるか？　不安のせいで体に吐き気が湧き上がり、言葉にならぬひたむきな祈りに彼女は唇を動かしつづけた。

ガラン、と鐘が胸の上で鳴った。彼に手を摑まれるのを彼女は感じた——

——おいで！

世界中の海が彼女の胸の周りでのたうった。彼はその中に私を引き入れようとしている。私を溺れさせるのだ。彼女はぎゅっと両手で鉄の柵にしがみついた。

——おいで！

駄目！　駄目！　無理だ！　両手が狂おしく鉄を摑んだ。海の只中で、彼女は苦悩の叫びを上げた！

——エヴリン！　エヴィ！——

彼は仕切り柵の向こうに急ぎ、ついて来るよう彼女に呼びかけた。さっさと進め、と周りの人たちにどなられても彼はなおも呼びかけた。彼女は真っ白な顔を、無力な、動物のような受け身の顔を彼に向けて据えた。彼女の目には、愛のしるしもさよならのしるしも、彼が誰だかわかっているしるしもなかった。

（訳注）死ぬ間際にエヴリンの母親が口にする「デレヴォーン・セローン」（Derevaun Seraun）という言葉の意味については諸説があり、「快楽の終わりは痛みである」というゲール語がなまったものである、いや「歌の終わりは狂気である」のなまりである、いやそもそも意味不明であることがポイントなのである、等々。

象を撃つ
Shooting an Elephant
（1936）

ジョージ・オーウェル
George Orwell

ビルマ南部のモールメインで、私は多くの人に憎まれていた。そういう目に遭うほど自分が重要な人物だったのは生涯この時だけだ。私は町の分署の巡査だった。目的も定まらぬ、狭量な反ヨーロッパ感情が町中にみなぎっていた。暴動を起こすだけの度胸は誰もなかったが、たとえばヨーロッパ人女性が一人でバザールを通ったら、たいてい誰かがキンマの汁を彼女の服に吐きかけた。警察官だった私は絶好の標的であり、そうしても大丈夫そうな場ではつねにからかわれ、挑発された。すばしこいビルマ人がサッカー場で私の足を引っかけて転ばせ、審判（これもビルマ人）が見て見ぬふりをすると、観衆はおぞましく笑って喚声を上げる。そんなことが一度ならずあった。しまいには、どこへ行っても若者たちのあざ笑う黄色い顔に出会うし、十分距離があれば決まって侮辱の言葉を浴びせられるしで、神経も相当参ってきた。若い仏教徒の僧侶たちが最悪だった。町には彼らが何千といて、それが一人残らず、街角に立ってヨーロッパ人にあざけりの言葉を浴びせる以外何もすることがないように見えた。

こうしたいっさいに、私は当惑し、動揺した。当時私はすでに、帝国主義とは悪でありこんな仕事はさっさと捨てて逃げ出すに越したことはないと決めていたのだ。理論上は――むろんあくまでひそかに――全面的にビルマ人に肩入れし、彼らの圧制者たる英国人に全面的に敵対していた。目下自分がやっている仕事については、言葉ではうまく言えそうもないくらい嫌悪していた。こういう職に就いていると、帝国の汚い裏面を間近に見ることになる。悪臭ふんぷんたる獄舎にひしめきあう惨めな囚人たち。長期服役囚たちの灰色の怯えた顔。竹で鞭打たれた男たちの傷だらけの尻。これらすべてが私の心にのしかかり、耐えがたい罪悪感をもたらした。だが私には全体像がまったく見えていなかった。私はまだ若く、教育も不十分だった。東洋に住むすべての英国人に課される完全な沈黙のなかで自分の問題を考え抜くしかなかった。大英帝国が死にかけていることも知らなかったし、ましてや、現在それに取って代わろうとしている、もろもろの新興帝国よりはずっとましであることもわかりはしなかった。わかっていたのは、自分が仕えている帝国に対する憎悪と、私の仕事を不可能にしようとする邪《よこしま》な連中に対する憤怒との板ばさみになった自分の苦しみだけだった。頭のなかのある部分では、英国の統治を破壊不能な暴政、屈服しひれ伏した諸民族の意志を永久に締めつける悪と考え、また別の部分では、仏教徒僧侶のはらわたに銃剣を突き刺すことこそこの世で最大の喜びだと考えた。こういった感情は、帝国主義につきものの副産物である。誰でもいい、インドに住む英国人の役人に、服務中でないところをつかまえて訊いてみるといい。

ある日、間接的な形ながら学ぶところ多い出来事が起きた。それ自体は小さな事件だったが、帝国主義の本質を、専制的政体をつき動かす真の動機を、いつになくはっきり垣間見せてくれたのである。ある朝早く、町の反対側の警察署の警部補が電話をかけてきて、象がバザールを荒らしていると言った。こっちまで来て、どうにかしてもらえませんかね？　自分に何ができるかわからなかったが、とにかく様子を見たかったので、小型馬《ポニー》に乗って出かけていった。ライフルも持っていった。古い44口径のウィンチェスターで、象を殺すには全然小さすぎるが、音が脅しに役立つかもしれないと思ったのだ。道中、何人ものビルマ人が私をつかまえては象のふるまいについて知らせた。もちろん野生の象ではなく、飼い慣らされた象がさかりがついて暴れているのである。さかりがはじまりそうな飼い象の常として、この象も鎖につながれていたが、前の晩に鎖を切って逃げ出したのだった。こういう状態になったときに唯一この象を御することのできる象使いは、さっそく追跡に出たものの間違った方角に行ってしまい、現在ここから十二時間かかる場所にいる。そうこうするうちに象が、けさ突如ふたたび町に現われたのである。ビルマの民衆は武器を持っていないから、象に対してまったく無力だった。象はすでに竹のあばら家を一軒破壊し、牝牛一頭を殺し、いくつかの果物屋台を襲って売り物を喰らいつくしていた。また町のゴミ収集トラックにも出会って、運転手が車から飛び出し一目散に逃げてしまうと、車をひっくり返してめちゃくちゃに壊した。

ビルマ人の警部補とインド人巡査何人かが、象が目撃された界隈で私を待っていた。そこはひどく貧しい一帯で、むさ苦しい、シュロの葉で屋根を葺《ふ》いた竹のあばら家がひしめきあい、迷路のように入り組んだ家並が丘の険しい斜面に広がっていた。雨季のはじまりの、曇った蒸し暑い朝のことだった。象がどこへ行ったか、町の連中を尋問してみたが、例によって明確な情報は何も得られなかった。東洋ではいつもこうだ。遠くで聞いている分には十分はっきりした話が、現場に近づけば近づくほど曖昧になってくる。象はあっちへ行ったと言う者もいれば、いやいやそっちだと言う者もいたし、象なんて聞いたこともないと言ってのける者までいた。

きっと何もかも嘘っぱちなんだと私がほとんど決めかけたところで、少し離れたところから叫び声が聞こえてきた。誰かが大声で、憤然としたような口調で「あっちへ行きな、小僧！　さっさと行きな！」とどなり、手に木の鞭を持った老女があばら家の裏手から出てきて、裸の子供たちの一団を乱暴に追い払っていた。さらに何人か女たちが出てきて、チッチッと舌打ちしては何やら声を上げている。明らかに、何か子供たちが見るべきでなかったものがそこにあるのだ。家の裏に回っていくと、男の死体が、大の字になって泥に埋もれていた。男はインド人だった。肌の黒いドラヴィダ人の苦力《クーリー》で、ほとんど裸で、死んでからまだいくらも経っていない。小屋の陰からいきなり出てきた象に襲われたのだと人々は言った。象は鼻で男をとらえて、足で背中を踏みつけ、ぐいぐい土のなかに押し込んだ。雨季のことで地面は柔らかく、男の顔は深さ三十センチ、長さ二メートルあまりの溝を作っていた。体は腹ばいに、両腕が磔《はりつけ》状態で横たわり、頭は横に大きくねじれていた。顔は泥に覆われ、目は大きく見開き、歯は剝き出されて耐えがたい苦痛の表情を浮かべていた（ちなみに、死者は安らいで見えるものだなどと言わないでほしい。私がこれまで見た死体はほぼみんな悪魔みたいに見えた）。象の足に踏まれた摩擦で、背中の皮が、兎の皮を剝いだみたいに綺麗に剝げていた。死んだ男を見たとたん、象狩り用のライフルを借りようと、私は近くの知りあいの家に雑役夫を遣いにやった。象の匂いに怯えて投げ飛ばされてはたまらないので、馬はもう送り返してあった。

何分かして雑役夫がライフルと弾薬筒五個を持って戻ってきた。その間《かん》にビルマ人が何人かやって来て、象は丘の下の、ここから何百メートルもない田んぼにいると私たちに知らせた。私が歩き出すと、界隈のほぼ全人口が家々から飛び出てきてあとについて来た。みんなライフルを見て、象を撃つんだ、と興奮して口々に叫んでいる。自分たちの家を荒らされているだけのあいだは大して興味も示さなかったのに、撃つとなれば話は別なのだ。ちょっとしたお楽しみ、英国の群衆だって同じことだろう。それにみんな肉も狙っている。私はなんとなく不安になった。私としては象を撃つ気なんかなかったし、ライフルを借りに行かせたのもあくまで万一必要に迫られたら自分を護るためだ。それに、群衆がうしろからついて来るというのは、どんな場合でも落着かないものである。私はライフルを肩に背負い、どんどん大きくなっていく人波がすぐうしろでひしめきあっている。そんな見るからに間抜けな姿、自分でも間抜けな気分で丘を下っていった。ふもとまで下りて集落から離れると、砂利を敷いた道路があって、その先に、幅一キロにわたって、泥沼みたいな田んぼが荒涼と広がっていた。まだ鋤は入っていないが、雨季はじめの雨でぐっしょり濡れ、あちこちに雑草が生えている。象は道路から八メートルの距離に立ち、左の脇腹をこっちに向けていた。人波が近づいてきても何ら反応しない。草のかたまりをむしり取っては、膝に叩きつけて泥を払い、口につっ込んでいた。

私は道路の上に出たところで立ちどまっていた。象を見たとたん、完璧な確信をもって、これを撃つべきではないと私は悟った。まだ働ける象を撃つというのは大事《おおごと》である。巨大で高価な機械を破壊することに比してもよいだろう。明らかに、せずに済むものならすべきではない。

それに、これだけ距離を置いてのどかに草を食む姿を眺めていると、象は牝牛ほども危険でないように見えた。私はそのとき思ったし、いまもそう思うが、さかりはもうすでに終わりかけていたのだ。だとすれば、象は単にここらへんを無害にうろついているだけであり、そのうちに象使いが戻ってきてつかまえれば片は付く。だいいち私も象を撃ちたい気なんか全然ない。ここはしばらく様子を見て、象がまた狂暴にならないことを見きわめ、それで帰ろうと決めた。

ところがその瞬間、私はちらっと、ついて来た群衆を見た。それは巨大な、最低二千人はいる人波で、刻々と大きくなってきていた。道の両側を、ずっと向こうまでしっかり塞いでいる。けばけばしい色の服の上の、黄色い顔たちの海を私は見た。どの顔もひどく嬉しそうで、このちょっとしたお楽しみにわくわくしている。象は撃たれるものと誰もが確信していた。手品を演じようとしている手品師を見るみたいに、彼らは私を見ていた。誰も私のことなんか好きじゃない、だが、両手に魔法のライフルを持ったいま、私はつかのま見物に値する存在に変身したのだ。そして私は一気に悟った。やはり象は撃つしかないだろう。人々は私にそれを期待しているのであり、私はそうするしかないのだ。二千人の意思が、私をぐいぐい前に、否応なしに押しているのが感じられた。そしてこの瞬間、ライフルを両手に抱えて立ちながら、私は初めて、東洋における白人支配の虚ろさ、空しさを実感した。私はここで、銃を持った白人として、武器を持たない現地人の群衆の前に立って、一見、劇の主役のように見えている。だが実のところは、背後の黄色い顔たちの意思によって前へうしろへ押されている滑稽な操り人形にすぎない。そのとき私は悟った。白人が圧制者となるとき、彼が破壊するのは彼自身の自由なのだ。彼は一種虚ろな、見せかけだけのダミーに、出来あいの「白人の旦那《サーヒブ》」になり果てる。一生ずっと、「現地人」を畏れ入らせようとあくせくすることが彼の支配の条件なのであり、したがって、危機が訪れるたびに彼は「現地人」の期待どおりの行動を取らねばならない。彼は仮面を被り、顔はその仮面に合うように変わっていく。私は象を撃たねばならない。ライフルを取りに行かせた時点で、そうするしかない立場に身を置いたのだ。白人の旦那は白人の旦那らしくふるまわねばならぬ。つねに決然として見え、意志はぐらつかず、明確な行為を遂行せねばならないのだ。ライフルを手に、二千人の人々を従えてここまでやって来て、何もせずこそこそと帰っていく――駄目だ、ありえない。群衆は私を笑うだろう。そして私の生活全体が、東洋に住むすべての白人の生活が、笑われないための果てしない苦闘なのだ。

だが私は象を撃ちたくなかった。いかにも象らしい、ひたむきな、どこかお祖母さんのような雰囲気をたたえて象が草の束を膝に叩きつけるのを私は見守った。この象を撃つのは犯罪だと私には思えた。もう動物を殺すことにいちいちびくつく歳ではなかったが、象を撃ったことも撃ちたいと思ったことも私は一度もなかった(概して、大きな動物を殺す方がなぜかより悪いように思える)。それに象の飼い主のことも考えないといけない。生きていれば、象は最低百ポンドの値打ちがある。死んだら牙の値打ちしかない――せいぜい五ポンド。だがぐずぐずしてはいられない。私たちが来る前からここにいた、物のわかっていそうなビルマ人を何人かつかまえて、象がこれまでどうふるまっていたかを訊いた。みんな同じことを言った。こっちからちょっかいを出さなければ向こうも知らん顔をしているが、近づきすぎたら襲ってくるかもしれない、と。

何をすべきかは完璧に明らかだった。象のそば、二十五メートルくらいのところまで近づいていって、相手の反応を試す。もし襲ってきたら撃てばいいし、知らん顔をしていたら象使いが戻ってくるまで放っておいても大丈夫だろう。けれどもまた、自分がそんなことをしないことも私にはわかっていた。私の射撃の腕はお粗末であり、地面は一歩踏み込むごとに沈む柔らかい泥である。象が襲ってきて撃ち損じたら、蒸気ローラーの下のヒキガエル同様ひとたまりもあるまい。だが、その場にあっても、私は特にわが身の安否を考えていたわけではなかった。うしろで興味津々見守っている黄色い顔たち、そのことしか考えていなかった。そのとき、群衆に見守られながら、私は普通の意味で怖くはなかった——もし一人でいたらきっと怖かっただろうが。白人は「現地人」の前で怯えてはならない。だから、概して事実怯えないのだ。私の頭にある思いはただひとつ、何かまずいことになったらこれら二千人のビルマ人たちが、私が追われ、捕らえられ、踏みつけられ、丘の上のあのインド人と同じに歯を剝き出した死体と化すのを見届けるだろうということだった。きっと何人かは笑うだろう。そうさせるわけには行かない。取るべき道はひとつだけだった。私は弾薬筒をすべて弾倉に押し込み、狙いが定めやすいよう道路に伏せた。

群衆はしんと静まり返って、劇場でようやくカーテンが上がるのを目にした人々のように、深い、低い、満足げなため息を無数の喉から漏らした。やっとお楽しみがはじまるのだ。ライフルは十字線の照準器がついた美しいドイツ製だった。そのとき私はまだ、象を撃つときは耳の穴から耳の穴へ架空の横線を引くようにして撃つものだということを知らなかった。この象は横を向いていたから、まっすぐ耳の穴を狙うべきだったのに、脳はもっと前の方だろうと思って、その十何センチか前を狙ったのである。

引き金を引くと、銃声も聞こえなかったし反動も感じなかったが――命中したときはつねにそういうものだ――おぞましい歓喜の叫びが群衆から上がるのは聞こえた。そのとたん、弾丸がまだたどり着いてもいないと思えるほど短い時間のうちに、不思議な、ぞっとするような変化が象に生じていた。象は動きもせず、倒れもしなかったものの、体の線すべてが変わってしまっていた。象は一気に損なわれたように、縮んだように、底なしに老いたように見えた。銃弾の恐ろしい衝撃によって、打ち倒されることなく麻痺してしまったみたいに見えた。とうとう、長い時間が経ったと思えた末に――おそらくほんの五秒くらいのことだったと思うが――象は力なくくずおれて膝をついた。口から涎が垂れた。途方もない老いが象に訪れたように思えた。数千歳と言ってもおかしくなく見えた。私はもう一度同じ位置を撃った。二発目でも象は倒れず、必死の緩慢さとともにのろのろ立ち上がり、弱々しくまっすぐ立った。脚はたわみ、頭も垂れていた。私は三発目を撃った。この一弾がとどめだった。苦痛ががくんと体の隅々まで行きわたり、脚に残った最後の力を奪うのが見ていてわかった。けれども、倒れていくなか、象はしばし立ち上がりそうに見えた。後ろ足が崩れ落ちていくとともに、巨大な岩がぐらつくみたいに一瞬体が持ち上がって見えたのだ。長い鼻が樹木のように空に伸び、このとき一度だけ、象はらっぱのように鼻を鳴らした。そうして象は落ちていった――腹をこっちへ向けて、どしんと倒れ、私の伏せていた地面まで揺れた気がした。

私は立ち上がった。ビルマ人たちはすでに駆け出し、私を追い越して泥の上を走っている。象が二度と立ち上がらないことは明らかだったが、まだ死んではいなかった。長いガラガラという喘ぎとともにあくまで規則正しく呼吸し、山のような脇腹が苦しそうに上下していた。口は大きく開き、喉のずっと奥の、薄いピンクの洞窟まで見えた。象が死ぬのを私は長いこと待ったが、息はいっこうに弱まらなかった。とうとう私は、ここが心臓だと思った場所に残りの二発を撃ち込んだ。どろっとした血が体から赤いビロードみたいにあふれ出たが、それでもまだ象は死ななかった。弾が撃ち込まれても体は揺れもせず、苦しげな呼吸は少しも止まず続いた。象はひどく緩慢に、非常な苦痛とともに死につつあった。だがそれは、私から遠く離れた、銃弾ですらこれ以上彼を損ねることはできないどこか別の世界の出来事だった。このぞっとするような音を何とか終わらせなくては、そう私は思った。大いなる獣がそこに横たわり、動けもせずしかし死ねもせずにいるのをただ眺めて、息の根を止めてやることもできない――それはこの上なくおぞましいことに思えた。私は自分の小さなライフルを持ってこさせ、何発も何発も、心臓に、喉の奥に、撃ち込んだ。何の衝撃も与えていないようだった。苦しげな喘ぎは、時計のチクタクのように規則正しく続いた。

結局、もうそれ以上耐えられなくなって、私はその場を立ち去った。象が死ぬには三十分以上かかったとあとで聞いた。私がまだ去りもしないうちからビルマ人たちは小剣《ダー》と籠を持ち出して肉を取りにかかり、午後になるころには象はもうほとんど骨だけになっていたという。

言うまでもなく、あとになって、象を撃ったことについて果てしない議論が生じた。飼い主は激怒したが、しょせんインド人の身ではどうすることもできなかった。それに、法的には私がやったことは正しかった。狂った象は、飼い主に制御できないなら、狂犬同様殺すしかないのだ。ヨーロッパ人たちのあいだでは意見が分かれた。年上の連中からは君のしたことは正しかったと言われ、若い連中には、苦力一人殺したからって象を撃つなんて勿体ない、象の方がコリンガ人の苦力なんかよりよっぽど値打ちがあるのに、と言われた。あとあと、苦力が死んでくれたことを私はすごく有難く思った。そのおかげで、私は法的に正当な立場に置かれ、象を撃ったことの十分な口実を得たのだから。私は何度も考えたものである。誰か一人でも、私が象を撃ったのはひとえに、間抜けに見えるのを避けるためだったことを見抜いただろうかと。

ウェールズの子供のクリスマス
A Child's Christmas in Wales
（1955）

ディラン・トマス
Dylan Thomas

どの年のクリスマスもほとんど同じだった。海辺の町の隅に毎年クリスマスはやって来て、寝つく直前に時おり聞こえる遠い話し声以外何の音もせず、六日六晩雪が降ったのが自分が十二のときだったか、十二日十二晩降ったのが六つのときだったか、僕には全然思い出せない。舌の二つある海に向かって、すべてのクリスマスが転がり落ちていく。寒いせっかちな月があたふたと空を落ちていくみたいに――その空とは、僕の家がある通り。氷の刃の、魚も凍る波の縁《へり》でクリスマスたちは停止し、僕は両手を雪につっ込んで、何であれ手に触れたものを引っぱり出す。キャロルを歌う海の縁に静止している、毛糸の白さの、鐘の舌がついた、いくつものクリスマスから成る玉に僕の手が入っていって、出てくるのはミセス・プロザローと消防士たち。

クリスマスイブの午後のこと、僕はミセス・プロザローの家の庭にいて、彼女の息子ジムと一緒に猫たちを待っている。雪が降っていた。クリスマスにはいつも雪が降っていた。十二月は僕の記憶のなかでラップランドのように白いが、トナカイはいなかった。でも猫はいた。辛抱強く、寒さに感覚も麻痺し、両手を靴下にくるんで、僕らは猫たちに雪玉を投げつける機会を待った。ジャガーのように艶々と細長い体の、おぞましい頬ひげを生やした、フーッとうなっては歯を剝く猫どもが、白い裏庭の塀をこそこそよじのぼって来たら、ジムと僕は、オオヤマネコもかくやという眼光の狩人として――ハドソン湾はマンブルズ・ロードの外れの出の、毛皮帽をかぶって鹿革靴《モカシン》をはいた罠猟師として――必殺の雪玉を彼らの目の縁に浴びせるのだ。

賢明な猫たちは決してやって来なかった。ぴくりとも動かぬ、エスキモーの足をした、北極の狙撃者たる僕たちは、永遠の雪の——水曜日以来永遠の——いっさいの音を消してしまう静寂に包まれて少しも動かなかったものだから、庭の奥の雪星《イグルー》から発せられるミセス・プロザローの最初の叫びも僕たちの耳には届かなかった。あるいは、届いたとしてもそれは、僕たちの敵にして獲物たるお隣の北極猫が発する雄叫《おたけ》びのようなものだった。でもじきに声はもっと大きくなった。「火事よ！」とミセス・プロザローは叫んで、夕飯のドラを打ち鳴らした。

そして僕たちは、両腕に雪玉を抱え家めざして庭を駆けていった。すると本当に煙が食堂からもうもうと出ていて、ドラはガンガン鳴り響き、ミセス・プロザローはポンペイで布告をふれ回る役人のように破滅を宣言していた。ウェールズ中の猫が塀に並んで立っているより、この方がもっと面白い。雪玉の荷を手に僕たちは弾むように家のなかに駆け込み、煙の充満した部屋の開いたドアの前で立ちどまった。

果たせるかな、何かが燃えていた。ミスター・プロザローだろうか——昼の食事のあとは、いつもそこで新聞を顔にかぶせて眠っているのだから。けれどミスター・プロザローは部屋の真ん中に立って、「えらいクリスマスだ！」と言いながらスリッパで煙を叩いていた。

「消防団に電話してちょうだい」とミセス・プロザローがドラを叩きながら叫んだ。「いるわけないさ」とミスター・プロザローが言った。「クリスマスなんだから」

火はどこにも見えず、もうもうたる煙の雲と、雲のただなかで指揮者みたいにスリッパを振り回しているミスター・プロザローが見えるだけだった。

「何とかしろ」ミスター・プロザローは言った。

それで僕たちは煙のなかに雪玉を全部投げ込んで――ミスター・プロザローには当たらなかったと思う――家から飛び出し電話ボックスまで駆けていった。

「警察にも電話しようぜ」とジムが言った。

「救急車も呼ぼう」

「アーニー・ジェンキンズも。あいつ火事好きだから」

でも結局電話したのは消防団だけで、まもなく消防車がやって来て、ヘルメットをかぶった背の高い男の人三人がホースを家のなかに持ち込み、ミスター・プロザローは水が放たれる直前に間一髪外に出た。前代未聞の騒々しいクリスマスイブだった。消防士たちがホースの水を止めて、水びたしで煙のくすぶる部屋に立っていると、ジムのおばさんのミス・プロザローが二階から降りてきて、階段の陰から彼らの方を覗き込んだ。彼女が消防士たちに何と言うかと、ジムと僕は息をひそめて待った。彼女はいつも、その場にぴったりのことを言うのだ。ぴかぴかのヘルメットをかぶった、煙と燃え殻と溶けかけの雪玉とに囲まれて立つ背の高い消防士三人をミス・プロザローは見て、「何かお読みになります?」と言った。

何年も何年も何年も前に、僕が子供だったころ、ウェールズに狼がいて赤いフランネルのペチコートの色をした鳥たちがハープの形の丘をかすめ、農家の湿った居間での日曜の午後みたいな匂いのする洞窟で僕たちが昼も夜も歌ってのたうち回り、教会執事もかくやという顎骨でイギリス人と熊を追い回したころの、自動車が現われる前、自転車が現われる前、公爵夫人みたいな顔の馬が現われる前、馬鹿みたいな楽しい丘で僕らが裸馬を乗り回していたころ、雪はいつもいつも降っていた。それがいまここで、小さな子供が言う――「去年も雪が降ったんだよ。僕が雪だるま作ったら弟がぶっ壊しちゃって僕が弟をぶっ飛ばしてそれからみんなでお茶飲んだの」。

「でもそれと同じ雪じゃないんだよ」と僕は言う。「僕たちの雪は、石灰のバケツを空で振って降らしただけじゃなくて、地面からショールみたいに上がってきたり、木々の腕や手や体から泳ぐように漂うように出てきたりしたんだよ。一晩のうちに、混じり気なしのお祖父さんの苔みたいに雪が家々の屋根に生えて、塀を白い蔦で細かく包んで、門扉《もんぴ》を開ける郵便屋の体に降り立つんだ――無数の白い破れたクリスマスカードから成る、物も言えない麻痺した嵐みたいに」

「そのころにも郵便屋さんっていたの?」

「キラキラ光る目、風に赤らんだ鼻、凍りついた広げた足で、ザックザックと玄関までやって来ては、手袋をはめた手で男らしくノックする。子供たちに聞こえるのはベルの鳴る音だけだったけど」

「郵便屋さんがこんこんノックするとベルが鳴ったってこと?」

「子供たちに聞こえるベルは子供たちのなかにあったってことさ」

「僕はときどき雷が聞こえるだけだな。ベルは一度も聞こえたことない」

「教会の鐘もあったよ」

「子供たちのなかに？」

「違う違う、コウモリの黒さの、雪の白さの鐘楼にあって、主教さまとコウノトリが紐を引っぱるんだ。鳴らされた報せが、包帯を巻いた町に広がって、白粉《おしろい》とアイスクリームの丘の凍った泡を包み、パチパチ音の立つ海に広がる。すべての教会が僕の部屋の窓の下で悦びの鐘を鳴らして風見鶏たちがうちの塀でクリスマスを祝って鳴いてるみたいだったよ」

「郵便屋さんのこともっと」

「ごく普通の郵便屋だよ、歩くのが好きで犬が好きでクリスマスと雪が好きで。青い握りこぶしで玄関をノックする……」

「うちの玄関、黒いノッカーがついてるよ……」

「そうして雪の吹き寄せた小さな玄関ポーチの、白い『ようこそ』マットの上に立って、はふはふぱふぱふ吐く息で幽霊を作って、外へ遊びに行きたがってる子供みたいに足を代わりばんこにぴょんぴょん動かす」

「それからプレゼント？」

「それからプレゼント、郵便屋にクリスマスの祝儀を渡したらね。そして寒い郵便屋は、ボタンの鼻に薔薇を飾って、寒々と光る丘の、お茶用のお盆なみに滑りやすい斜面をゾクゾクと下っていく。氷にくるまれたブーツをはいた足で、魚屋のまな板に載ったみたいに歩いていったよ。ラクダの凍ったコブのような鞄を振って、片足でふらふら角を曲がったと思ったら、もういなくなっていた」

「プレゼントのこともっと」

「役に立つプレゼントがあった。昔の馬車の日々の、すっぽりくるみ込む襟巻。大ナマケモノ用に作られた二叉手袋《ミトン》。すべすべのゴムみたいな素材でできた、オーバーシューズのところまで引き伸ばせる縞模様のスカーフ。パッチワークのポットカバーみたいな目まですっぽり覆うタモシャンター帽、ウサギの皮を着たバズビー帽、首狩り族の犠牲者用のバラクラヴァ帽。いつも肌にじかにウールを着ているおばさんたちからは、こんなのいつも着ててどうして肌がなくなっちゃわないんだろうと思ってしまう髭付きのチクチク擦れるチョッキ。一度なんかあるおばさんから、小さな鉤針編みの飼葉《かいば》袋をもらったよ（そのおばさんは、噫《ああ》、もう僕たちとともに嘶《いなな》きはしない）。それから、絵のない本——しちゃいけないと格言付きで戒められたのに子供たちがそれを無視してジャイルズ農夫の池でスケートをして溺れる話。そして、スズメバチについてすべて、なぜスズメバチが存在するのか以外すべてを教えてくれる本」

「役に立たないプレゼントは」

「湿った色とりどりの赤ん坊形のゼリー、畳んだ旗、つけ鼻、路面電車の車掌帽、切符にハサミを入れてベルを鳴らす機械とかの入った袋。パチンコは絶対なかった。一度、誰にも説明できない手違いで、小さな手斧。押すと全然アヒルらしくない、牛になりたい野心家の猫が出しそうなニャーとモーのあいだの音を出すセルロイドのアヒル。草も木も海も動物も全部好きな色で塗っても、目もくらむ空色の羊たちはやっぱり赤い野原にいて、くちばしが虹色で体は黄緑色の鳥たちの下で草を食んでいるぬり絵本。ハードキャンデー、タフィー、ファッジ、甘草《リコリス》キャンデー、クッキー、ビスケット、ハッカキャンデー、氷砂糖、マジパン、ウェールズ《ウェルシュ》人のバターウェルシュ。そして、戦うことはできなくても逃げることならいつだってできるピカピカのブリキの兵士たちの軍隊。家族持ちの蛇と幸福な梯子のゲーム。説明書もちゃんと付いた、チビッ子エンジニアのためのホビーセット。レオナルドには朝飯前さ！　それと、犬たちを吠えさせる笛。吹くとお隣の爺さんが目を覚まして、杖で壁をどすどす叩いてうちの壁に掛けた絵が落ちちゃうんだ。それから煙草一箱。一本口にくわえて街角に立って、煙草なんか喫っちゃ駄目よってどこかのおばさんが叱ってきたらへへんと笑って食べてやろうと何時間も待つんだけど、いつまで経っても誰も叱ってくれなくて。そうしてあとは、風船の下での朝ご飯」

「僕んちみたいにおじさんはいたの？」

「クリスマスにはいつだっておじさんがいるのさ。いつも同じおじさんたち。そしてクリスマスの朝僕は、犬を怒らせる笛と砂糖煙草をくわえて、パッチワークの町を歩き回って小さな世界のニュースを探す。白い郵便局のそばか、誰も乗らないブランコのそばに、いつも鳥の死骸が見つかった。でなければ、ほとんど命の尽きたコマドリ。大人たちが礼拝堂から、浅瀬を渡るみたい、泥をさらうみたいに歩いてきて、みんな酒場の鼻をして風にキスされた頬をして、一人残らず白子《しろこ》で、ギーギーきしるこわばった黒い羽根を立てて不信心な雪を防いでいる。どの家の居間でもガス灯受けからヤドリギがぶら下がってる。シェリー酒があってクルミがあって壜ビールがあってデザートスプーンのかたわらにクラッカーがあった。毛皮にくるまった猫たちが暖炉の炎を見守る。高く積まれた火がパチパチはぜて、栗を焼いてワインを温める準備は万端。大柄の男が何人か、襟《カラー》もつけずに居間に座っていて、これがだいたいみんなおじさんたちだね、新しい葉巻を試して、しかつめらしく腕をのばしてはまた口に戻し、咳き込んで、それからまた、爆発を待つみたいに腕をのばす。小柄のおばさんも何人か、台所でも必要とされず、そもそもどこでも必要とされず椅子の端の端に堅くこわばって、色あせたカップとソーサーみたいに割れるのを怖がって座っていた」

そういう朝、雪の積み上がっていく通りを歩く人はそう多くない。いつも老人が一人、黄褐色の山高帽をかぶって、黄色い手袋をして、この時期には雪のゲートルをはいて、白い芝生の球技場まで散歩に行って帰ってくる。雨が降ろうが槍が降ろうがクリスマスだろうが最後の審判の日だろうが欠かさない運動を、休まず続けているのだった。時おり、元気な青年の二人組が、大きなパイプをあかあかと光らせ、コートも着ずにスカーフを風になびかせて、侘しい海まで黙々歩いていく。食欲を増すためなのか、ひょっとしたら毒気を吹き飛ばすためか、それとも、決して消えることのないブライアーパイプからくねくね上る二本の煙の雲以外は自分たちがすべて消えてしまうまで波のなかに入っていくためか。やがて僕はあたふたと家に帰り、よその家の夕飯の肉汁《グレイビー》の匂い、鳥たちの匂い、ブランデー、プディングとミンスパイの匂いが鼻までたなびいてきて、と、雪で滞った横丁から僕と瓜二つの、先っぽがピンクの煙草をくわえ、殴られた紫色の過去を目の周りにたたえた男の子が出てきて、鷽《うそ》みたいに気取って一人ニタニタ笑っている。

一目見ただけ、一耳聞いただけで僕はそいつを憎んだ。いまにも犬の笛を口に当てて思いっきり吹いてこんな奴はクリスマスの外へ吹っ飛ばしてやると思ったらそいつが、紫色のウィンクとともにそいつの笛をそいつの口に持っていってものすごく耳障りに、甲高く、すさまじく大きく吹いたものだから、山彦を響かせる白い通り一帯、ガチョウの肉を口一杯に頬張った人びとが顔をクリスマスの飾りつけをした窓にべったり押しつけた。うちの夕食は七面鳥と、熱々のプディングで、食事のあとおじさんたちは暖炉の前に座ってボタンをみな緩め、大きな湿った両手を懐中時計の鎖の上に載せて、軽いうめき声を漏らし、眠った。母親たち、おばさんたち、姉たち妹たちは蒸焼き鍋を運びながら家のなかをせかせか行き来した。もうすでに二度、ぜんまい仕掛けのネズミに肝を潰していたベシーおばさんは食器棚の前でメソメソ泣き言を言い、ニワトコ酒を飲んだ。犬の具合が悪かったのだ。ドージーおばさんはアスピリンを三錠飲む破目になったけど、ポートワインの好きなハンナおばさんは雪に包まれた裏庭の真ん中に立って、胸の大きなツグミみたいに歌を歌っていた。僕は風船を、どこまで大きくふくらませられるかと精一杯ふくらませた。破裂するたびに――どれもいずれは破裂した――おじさんたちは飛び上がってブツブツ寝言を言った。豊かで重たい午後、おじさんたちがイルカのように息をして雪が降りつづけるなか、僕は花綱やちょうちんに囲まれて座ってナツメヤシの実をかじり、チビッ子エンジニアのための説明書に従って軍艦模型の製作に励んだが、出来上がるのは遠洋を行く路面電車と間違えられそうな代物なのだった。

あるいは外に出て、ぴかぴかの新しいブーツをキュッキュッと鳴らしながら白い世界に入っていく。海に向かう丘に出て、ジムとダンとジャックの家に行って、静かな通りをそろそろと歩き、隠れた舗道の上に巨大な深い足跡を残していく。

「カバが通ったってみんな思うぜ」

「お前だったらどうする、カバがこの通りをやって来たら？」

「そりゃもう、柵の向こうに投げ飛ばして、丘をゴロゴロ転がして、それから耳の下をくすぐるのさ、そうしてカバが尻尾を振るのさ」

「カバが二頭来たらどうする？」

鉄の脇腹を持ち、ドラ声を上げる雄のカバ二頭が、舞う雪のなかをガチャン、バタン、と進み、ミスター・ダニエルの家の前を通りかかる僕たちの方にやって来た。

「ミスター・ダニエルの郵便箱に雪玉を配達しようぜ」

うぜ」

「ミスター・ダニエルの家の庭一面に『ミスター・ダニエルはスパニエルに似てる』って書こうぜ」

「雪に字を書こうぜ」

あるいは僕たちは、白い浜辺を歩いた。「魚って、雪が降ってるの見えるのかな?」

音のない、ひとつの雲に覆われた空が海の方まで漂ってきた。僕らはいまや、北の丘で遭難して雪盲《せつもう》に陥った旅人だった。巨大な、喉のたるんだ、首に水筒をかけた犬たちがゆったりのったり寄ってきて、「より高く《エクセルシオール》」と鳴いた。貧しい界隈を通って帰ると、わだちの刻まれた雪を手袋もしていない赤い指でいじって僕たちの背に野次や口笛を浴びせる子供たちもちらほらしかいなくて、僕たちがえっちらおっちら坂をのぼっていくとともに彼らの声もだんだん消えていき、波止場にいる鳥たちの叫びや渦巻く湾に出ている船の汽笛の音のなかに溶けていった。やがてお茶の時間になると、復活したおじさんたちは陽気に騒いだ。テーブルの真ん中、アイシングをまぶしたケーキが大理石の墓みたいにそびえていた。ハンナおばさんは、一年に一度だからと、紅茶にラム酒を混ぜた。

さてここで、ガス灯が潜水夫みたいに泡を立ててる下で僕たちが暖炉を囲んで語った法螺《ほら》話。僕が怖くてうしろをふり向けもしなかった長い夜、幽霊たちがフクロウみたいにホーホー声を上げた。階段の下の小さな空間に獣たちが潜み、ガスメーターがかちかち鳴った。一度、雪の飛び交う通りを照らす月もまったくないある晩、みんなでキャロルを歌いに出かけたことを僕は覚えている。長い道路の行き止まりに、大きな屋敷に入っていく私道があって、その夜僕らは真っ暗なその私道をよたよた歩いていった。みんな怯えていて、念のためそれぞれ手に石を持っていて、みんなあまりに勇敢すぎて一言も喋らなかった。木々を吹き抜ける風が、老いた、感じの悪い、ひょっとすると足に水かきのある老人たちが洞窟でゼイゼイあえいでいるみたいな音を立てた。僕たちは黒々と建つ屋敷の前にたどり着いた。

「何歌って聞かせる？　聞けみ使いたちの？」

「いや」とジャックが言った。「善き王ウェンセスラスにしよう。三つ数えるぞ」

一、二、三で僕らは歌い出した。雪のフェルトをめぐらした闇が僕らの知っている人間は誰も住んでいない屋敷の周りを包み、僕らの声は高く、なんだか遠く聞こえた。僕たちは体を寄せあって、暗い玄関扉のそばに立っていた。

善き王ウェンセスラス
聖ステパノの宴を見給いて……

やがて小さな、乾いた、長いあいだ喋っていなかった人のような声が、僕たちの歌声に仲間入りした。扉の向こう側から届く、小さな、乾いた、卵の殻みたいな声。鍵穴から流れてくる小さな乾いた声。走るのをやめたとき、僕たちはもう自分たちの家の前まで来ていた。外から見る居間はすごく綺麗だった。湯たんぽみたいにゴボゴボ鳴るガス灯の下に風船があちこち浮かんでいた。何もかもがちゃんと元通りになって、町じゅうを照らしていた。

「幽霊だったのかな」ジムが言った。

「トロールじゃないかな」いつも本を読んでいるダンが言った。

「家に入ろう、まだゼリーがあるかも」ジャックが言った。みんなで家に入った。

クリスマスの夜にはいつも音楽があった。誰かおじさんがフィドルを弾き、いとこが「チェリー・ライプ」を歌い、別のおじさんが「ドレークの太鼓」を歌った。小さな家はとても暖かだった。今度はパースニップのワインを飲んでいるハンナおばさんが痛む心と死をめぐる歌を歌い、次に、私の心は鳥の巣のよう、と歌った。みんなでまた大笑いした。それから僕は寝床に入った。寝室の窓の外に目を向けて、月の光と、煙色のはてしない雪を見ると、ここの丘の上に建つよその家々の窓の明かりが見え、音楽があちこちから立ちのぼってたえず雪降る長い夜を上がってくるのが聞こえた。僕はガスの火を小さくしてベッドに入った。僕を包む聖なる闇に向けて二言三言言ってから、僕は眠った。

編訳者あとがき

やたらと長い書名になってしまったが、この本は要するに、いわゆる「英文学」の名作短篇を集めたアンソロジーである。当編訳者が個人的に長年敬意を抱き、何度か読み直してきた作品が並んでいるというだけでなく、これまで刊行された多くの英文学傑作短篇集などにもくり返し選ばれてきた名作中の名作ばかりである。

その意味でこの本は、二〇一三年に本書と同じくスイッチ・パブリッシングから刊行した『アメリカン・マスターピース　古典篇』の姉妹編である。万一、かたじけなくも両方読んでいただけるなら、米文学、英文学の違いをそれなりに実感していただけるのではないかと思うが、ここでも両文学の相違を、簡単に言葉にしてみようと思う。

一般に——と、乱暴な一般論を展開すると——米文学は遠心的であり英文学は求心的である。キャッチコピー的に言うと米文学は荒野をめざし英文学は家庭の団欒へ向かう。ディケンズの『デイヴィッド・コパフィールド』のように、暖炉が暖かく燃えている前で主人公が自分の生涯をしみじみとふり返り、かたわらでは妻が編み物をしている……といったような終わり方は米文学ではなかなかお目にかからない。だからこそ『キャッチャー・イン・ザ・ライ』のホールデン・コールフィールド少年は、自分のアメリカ的物語を語る上で「デイヴィッド・カッパフィールド的なしょうもないあれこれ」（村上春樹訳）なんか語らないぞ、と宣言することからはじめねばならなかった。

別の点から見れば、米文学は――まあこれは短篇よりも壮大な長篇からの方が見えやすいと思うが――己の生に限界があることに苛立ち、英文学は人生の限界を諦念とともに受け容れる傾向にある。カズオ・イシグロのような作家がアメリカから出てくることはやや考えにくい。

もちろん、英文学といっても、アイルランド、スコットランドの文学を考えるなら、イングランドの圧政に対する反逆、出口の見えない閉塞感、といった別の要素も入ってくる。さらに、以上のような一般論が、「米文学」「英文学」の定義そのものが根本から問い直され、相当数の読者にとっては旧来の文学史が急速に時代遅れのものになりつつあることもつけ加えておかないといけない。

ここからは、各作品・各作家を簡単に紹介することで、以上の話の補足となればと思う。作品は年代順に並べたので、ここでもその順で紹介する。

ジョナサン・スウィフト（一六六七―一七四五）

イングランド系移民の子としてアイルランドに生まれたスウィフトは、イングランドとアイルランドを往き来する生活を送ったが、やがてアイルランドに落着き、諷刺作家・論客として活躍した。この「ささやかな提案」は一七二九年、諷刺文学の傑作『ガリヴァー旅行記』初版刊行の三年後に発表された。アイルランドの人口問題を解決するには子供を食べればいい、という文字どおり人を食った文章であり、イングランドに対する憤怒に突き動かされていることはもちろんだが、それにしても、全文を貫く皮肉はすさまじい。こうしたスウィフト的諷刺を論じた見事な文章のなかで、夏目漱石はこう述べている。「彼は現在に対して大不満である。大不平である。しかしながらこの大不満と大不平とは到底動かすべからざる大自然であって、人間を作り易《か》えなければ如何《どう》することも出来ないと悟っている。そこで、奈何《どう》とも勝手にしろと投げ出した。いわば絶望から出る無頓着である。彼は憤怒の峠を通り越して無頓着になったのである。雪に封じられた火山のような無頓着である」（『文学評論』第4編「スウィフトと厭世文学」）。

メアリ・シェリー（一七九七―一八五一）

イングランドの文学は奔放にして過剰なことを身上とする文学ではないと思うが、そのなかで女性作家が書くものには時として奔放にして過剰なものが現われる。メアリ・シェリーの『フランケンシュタイン』（一八一八）、エミリー・ブロンテ『嵐が丘』（一八四七）、ヴァージニア・ウルフ『オーランドー』（一九二八）などがそれにあたる。特にメアリ・シェリーが、十九世紀前半すでに、奔放なSF的想像力と、生死やアイデンティティといった根源的問題をめぐる思索とを両立させたのはすごいと思う。「死すべき不死の者」は、現代の短篇小説の技巧の水準からするとやや粗野で、構成も緊密さを欠くと思うが、近代という、科学が神に交代した時代における重要問題をいち早く小説で取り上げた、いわば「言い出しっぺ」の強さがあると思う。初出は一八三三年。

チャールズ・ディケンズ（一八一二―一八七〇）

「信号手」はまぎれもない傑作である。怪奇小説としての構造の複雑さ、崖の上と下という構図の象徴性、語り手の役割の微妙さ、そこに階級の問題などもさりげなく盛り込まれて、実に読みごたえある一作となっている。一八六六年、元来は『マグビー・ジャンクション』と題された連作の一部として発表された。ディケンズの幽霊・怪奇譚はけっこうユーモラスなものも多いが、この一作はいっさいギャグも必要とせず、またモラルにまとめられることもなしに、最後までぐいぐい読み手を引っぱる。

この作品を書く一年前、乗っていた列車が脱線事故を起こして、ディケンズは救助にも協力して賞讃されたが、経験した恐怖は生涯トラウマとして残ったという。

ヴィクトリア朝の文豪として多くの長篇を著した国民的作家ディケンズだが、雑誌の編集にも熱心だったし、短篇小説や連作短篇も数多く残している。長篇は戯画性もはらんでいるとはいえひとまず十九世紀リアリズムを代表しているのに対し、短篇ではしばしば怪奇幻想の味わいを自在に追求している。

オスカー・ワイルド（一八五四―一九〇〇）

ワイルドにおける「しあわせな王子」の位置は、太宰治における「走れメロス」の位置に似ている。どちらも決してストレートに教訓的、道徳的ではない作家が書いた、教科書に載せても大丈夫そうな、友情や自己犠牲の物語。これを作家の代表作とすることにはためらわざるをえないが、作家の作品群のなかで独自の光を放っていることもまた確かだろう。

これを発表した一八八八年当時、ワイルドはロンドン社交界の寵児として世間の注目を浴び、文人としても機知に満ちた文章を続々発表していた。そして九〇年代に入ってからは小説の代表作『ドリアン・グレイの肖像』を刊行し、彼の最重要ジャンルである戯曲でも次々話題作を発表する。が、やがて男色をとがめられ猥褻罪で投獄され、その後は失意の人生を送った。

ワイルドもスウィフトと同じくアイルランドの出身である。ダブリンで幼なじみだった意中の女性は、『ドラキュラ』の著者ブラム・ストーカーを夫に選んでワイルドを失望させた。

W・W・ジェイコブズ（一八六三―一九四三）

一部の愛好者にとってはともかく、一般には今日、「猿の手」という一九〇二年発表の短篇一本によってのみ記憶されている書き手ではないかと思う。しかしそれはジェイコブズにとって決して不名誉なことではあるまい。これだけ一つひとつの要素が無駄なく配置され、強い印象を残す作品を生涯に一本書ければ、誰であれ幸せと言うべきだろう。アメリカの名短篇作家スチュアート・ダイベックは小品「蟻」の語り手にこう言わせている。「『猿の手』を読んだとき、寝室のドアのかげに隠れるマーティンのもとに、叔父さんは階段をどす、どす、と、墓場から呼び戻された死者の重たい不吉な足どりとともにのぼって来た。マーティンは恐怖におののき、ウェイン叔父さんがドアをどんどんと叩くのを聞きながら、叔父さんが墓場に戻るよう本気で念じた」（引用者訳）。

ウォルター・デ・ラ・メア（一八七三―一九五六）

デ・ラ・メアの小説の怪奇幻想というのは、行間から恐怖感・幻想性がじんわり浮かび上がってくる微妙なものであることが多く、長篇 *The Return*（邦題『死者の誘い』）などでは男の顔が何世紀も前の死者の顔になってしまったのはわかるのだがその顔が元に戻ったのかどうか、一読しただけではよくわからない。まあそれだけ、じっくり読むに値するよい作家だということなのだが。

そのなかでこの「謎」は、例外的に（少なくとも展開は）わかりやすい作品である。この家のどこで遊んでもいいけれど、あの樫の箱にだけは近寄ってはいけないよ……と言われたらそりゃ子供は近づきますよね。が、そうした「読めてしまう」展開にもかかわらず、何度読んでも惹きつけられる一作である。初出は一九〇三年、のち一九二三年に刊行されたデ・ラ・メア第一短篇集の表題作となった。

ジョゼフ・コンラッド（一八五七―一九二四）

コンラッドはひとことでいえば、ポーランド語を母語とし英語で執筆した海洋小説家ということになるが、外国人が書いた英語だからといって単純素朴だと思うのは大間違いで、スコット・フィッツジェラルドなどにも影響を与えたきわめて思索的で抽象度の高い文章を書く人であり、海洋小説といっても単なる冒険談にとどまるものではとうていなく、人間が自分の理想とどう折り合いをつけていくかといった、倫理的な問題がそこでは追求されている。

それとともに、あまり賛成してくれる人はいないのだが、コンラッドの文章は、僕にはとてつもなく可笑しい、笑える文章だと思える。ただしその笑いは、絶対的なもの（たとえば神）が姿を消してしまった（しかし人はまだそのことに慣れていない）世界で茫然としている人間が笑う笑いであり、現代の作家で言えばW・G・ゼーバルトの笑いに近いものがある。

コンラッドは長めの短篇にすぐれたものが多く、ほかの作家には悪いけれどここでも彼にはもっとも多くのページを提供した。「秘密の共有者」は一九一〇年に発表された作品で、当時執筆に難儀していた長篇『西欧人の眼に』（一九一一）からの息抜き（！）として二週間で書かれた。

サキ（一八七〇―一九一六）

ビルマ生まれ、本名H・H・マンロー。新聞を初出の場とする短めの短篇を多く残した。アメリカの短篇作家O・ヘンリー(一八六二―一九一〇)と並べて論じられることも多いが、O・ヘンリーが情緒的・感傷的であるのに対し、サキはシニカルで皮肉に満ちている。O・ヘンリーは名もない市井の人びとに共感し、サキは名のある(というか称号のある)貴族を嗤《わら》う。もっともそれは、階級的な憤りとか義俠心とかいうものに貫かれた罵倒的笑いではなく、世界が意味を成す場であることをあらかじめあきらめているような達観から生じる笑いであり、ある意味でさわやかだとさえ言っていい。最近白水Uブックスから出た『クローヴィス物語』(原書一九一一年刊、和爾桃子訳)には各篇にエドワード・ゴーリーの挿絵が付され、この作家の雰囲気をよく伝えている。サキにしては長めで気合いも十分の本作「運命の猟犬」も『クローヴィス物語』に収められている。

ジェームズ・ジョイス(一八八二―一九四一)

ジョイスの代表作といえば、いうまでもなく、当編訳者の手にはとうてい負えない大作『ユリシーズ』、そして誰の手にもとうてい負えないと思っていたら怪物柳瀬尚紀がその手に負ってしまった『フィネガンズ・ウェイク』であるが、初期の短篇集『ダブリン市民』(一九一四)もまた、ひとつの街に生きるさまざまな人物の人生模様を描いた連作短篇として独自の素晴らしさをたたえている。そのなかでもっとも有名なのはもっとも長い「死者たち」だが、ここではもっとも短い、だがやはり見事な二篇を選んだ。ジョイスは祖国アイルランドを形容する言葉としてparalysis（麻痺）という語を挙げているが、「アラビー」「エヴリン」ともまさにparalysisを核とした展開が心に残る。

「死者たち」は雑誌「Monkey」第五号に拙訳を載せたので、そちらもご覧いただければと思う（むろん、新潮文庫・柳瀬訳『ダブリナーズ』をはじめ、ちくま文庫・米本義孝訳『ダブリンの人びと』、岩波文庫・結城英雄訳『ダブリンの市民』などの先達もある）。

ジョージ・オーウェル（一九〇三―五〇）

浮浪者に身をやつして都市を放浪したり（『パリ・ロンドン放浪記』）、スペイン内戦に加わってフランコ政権と戦ったり（『カタロニア讃歌』）しながら、健全な民主的感覚に支えられた平明な文章を身上とするジャーナリスト兼作家として名をなした人だから、大英帝国植民地における一官吏としてビルマで警察官を五年間（一九二二―二七）務めたのはさぞ辛かっただろうと思う。一九三六年に発表された「象を撃つ」をはじめとするオーウェルの「自伝的」エッセイが、どこまで事実に基づいているかについては議論の余地があるようだが、まあそれは本質的な問題ではあるまい。ノーナンセンスな英語（ちなみにオーウェルは英語の改良についてもいくつか文章を残している）によってノーナンセンスな論を、あくまで具体例を前面に保ちつつ展開した文章として、ほとんどお手本のような潔さに貫かれていると思う。

ディラン・トマス（一九一四―五三）

このウェールズでもっとも著名な文人の書く散文は、いかにも詩を本分とする書き手らしい、奔放な飛躍に満ちた、一筋縄では行かない文章であることが多い。ユダヤ系アメリカ人のフォーク・シンガー、ロバート・ジンマーマンが自らをボブ・ディランと呼ぶに至ったのは、生き方も詩風も奔放だったこのウェールズ詩人に心酔したゆえにほかならない。

ディラン・トマスは一九三〇年代からラジオで詩を朗読していた。「ウェールズの子供のクリスマス」も、四〇年代にＢＢＣに出演して読んだ文章が基になっていて、一九五〇年に雑誌掲載され、五五年に一冊の小さな書物として刊行された。臆面もなくノスタルジックな作品だが、縦横無尽にくり出されるイメージの連なりが、作品を感傷やメロドラマに陥ることを妨げている。

何しろイギリス・アイルランドの文学は専門ではないので、思わぬところで無知をさらしてしまっているのではとヒヤヒヤしているが、この本がグレートブリテン島・アイルランド島の文学の専門家の方々の本格的な仕事に読者を導くことになれば嬉しい。『アメリカン・マスターピース　古典篇』同様編集にあたっては郷雅之さんにお世話になり、校正の阿部真吾さんにも助けていただいた。この場を借りてお礼を申し上げます。

初出一覧　＊単行本化にあたって、加筆・訂正を行なった。

アイルランド貧民の子が両親や国の重荷となるを防ぎ、公共の益となるためのささやかな提案　*monkey business* 13、ヴィレッジブックス、二〇一一年

死すべき不死の者　新訳

信号手　エドワード・ゴーリー編『憑かれた鏡　エドワード・ゴーリーが愛する12の怪談』、河出書房新社、二〇〇六年

しあわせな王子　*monkey business* 12、ヴィレッジブックス、二〇一一年

猿の手　エドワード・ゴーリー編『憑かれた鏡　エドワード・ゴーリーが愛する12の怪談』

謎　「飛ぶ教室」第八号、光村図書、二〇〇七年

秘密の共有者　新訳

運命の猟犬　新訳

アラビー　*monkey business* 10、ヴィレッジブックス、二〇一〇年

エヴリン　*monkey business* 10、ヴィレッジブックス、二〇一〇年

象を撃つ　*monkey business* 5、ヴィレッジブックス、二〇〇九年

ウェールズの子供のクリスマス　*monkey business* 7、ヴィレッジブックス、二〇〇九年

柴田元幸〔Shibata Motoyuki〕
1954年東京生まれ。翻訳家。著書に『ケンブリッジ・サーカス』『アメリカ文学のレッスン』など。訳書にオースター『幽霊たち』、ダイベック『シカゴ育ち』、ミルハウザー『ナイフ投げ師』、ロス『プロット・アゲンスト・アメリカ』など多数、編訳書に『アメリカン・マスターピース　古典篇』ほかがある。現在、文芸誌「Monkey」を責任編集している。

柴田元幸翻訳叢書

ブリティッシュ＆アイリッシュ・マスターピース

2015年7月11日　第1刷発行
2019年7月21日　第2刷発行

著　者
ジョナサン・スウィフト他

編訳者
柴田元幸

発行者
新井敏記

発行所
株式会社スイッチ・パブリッシング
〒106-0031　東京都港区西麻布2-21-28
電話　03-5485-2100（代表）
http://www.switch-pub.co.jp

印刷・製本
株式会社精興社

ISBN978-4-88418-442-1　C0097　Printed in Japan

柴田元幸翻訳叢書 第1弾

SWITCH LIBRARY

火を熾《おこ》す

ジャック・ロンドン

訳 柴田元幸

『白い牙』『野生の呼び声』の著者として名高いロンドンは、短篇小説の名手でもある。極寒の荒野での人と狼のサバイバル「生への執着」、マウイに伝わる民話をモチーフにした「水の子」、単行本化のための訳し下ろし「世界が若かったとき」など、小説の面白さが存分に味わえる全九篇

定価：本体二一〇〇円（別途消費税）

スイッチ・パブリッシングの本

柴田元幸翻訳叢書 第2弾

喋る馬

バーナード・マラマッド

訳 柴田元幸

二十世紀米国を代表する作家、マラマッド。短いストーリーのなかに広がる余韻、苦いユーモアと叙情性、シンプルな言葉だからこそ持ちうる奥深さ……。長年マラマッドに魅了されてきた柴田元幸の名訳で贈る、滋味あふれる短篇集

定価：本体二一〇〇円（別途消費税）

柴田元幸翻訳叢書 第3弾

こころ朗《ほが》らなれ、誰もみな

アーネスト・ヘミングウェイ

訳 柴田元幸

ヘミングウェイの決定版十九篇。『清潔な、明かりの心地よい場所』『殺し屋たち』『君は絶対こうならない』『死者の博物誌』……誰よりもシンプルな言葉で、誰よりも深い世界を描く。柴田元幸の新訳で贈る、まったく新しいヘミングウェイの短篇集

定価：本体二四〇〇円（別途消費税）

スイッチ・パブリッシングの本

柴田元幸翻訳叢書 第４弾

アメリカン・マスターピース 古典篇

編訳 柴田元幸

ホーソーン「ウェイクフィールド」、メルヴィル「書写人バートルビー」、O・ヘンリー「賢者の贈り物」、ポー「モルグ街の殺人」……柴田元幸が長年愛読してきたアメリカ古典小説から選りすぐった名作中の名作、究極の「ザ・ベスト・オブ・ザ・ベスト」

定価：本体二一〇〇円（別途消費税）

ケンブリッジ・サーカス

柴田元幸

オースターに会いにニューヨークへ。かつて暮らしたロンドンへ。実の兄を訪ねてオレゴンへ。ダイベックと一緒に東京・六郷へ。「Coyote」誌上で柴田元幸が世界中を歩き、綴った紀行文を中心とした著者初のトラベルエッセイ集。エッセイ「夜明け」を特別付録として収録

定価：本体一八〇〇円（別途消費税）

お問い合わせ：スイッチ・パブリッシング販売部
tel. 03-5485-1321　fax. 03-5485-1322
www.switch-store.net